珍瓏

小野

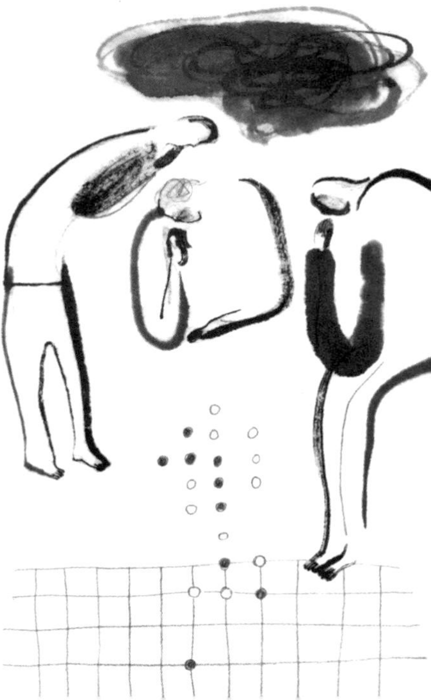

雍島銀行區凱瑟道一八三號是一幢五十三層高商業大廈，沒有名稱，一直以來，都只叫一八三號。

建築在廿五年前完成之後，就租給一間叫金式的私人投資公司。不到三年，金式已購置大廈成為私人物業，門庭森嚴，帶一種神秘色彩。

一日，光明日報特刊記者拍攝市內特色建築物，在對街欣賞一八三號，讚嘆不已：它的確設計精巧，奪目又不誇張，出自著名瑞典猶太裔建築師赫蜀手筆。

還在取鏡頭，忽然聽到一個小女孩的聲音：「看，媽媽，像一枝唇膏。」

記者一怔，可不是，大廈呈圓筒形，去到頂廿層，玻璃窗忽然轉為淡紫色，斜頂^，像煞一管唇膏。

小女孩由母親牽着手，走進百貨公司。

記者靈機一觸，乾脆把一八三號暱稱唇膏大廈。

這個名稱順口別致，很快廣為人知，市民漸漸叫一八三號為唇膏大廈。

大廈門口仍然沒有公司標誌。

別家公司不但中英文招牌能多大就放多大，還加公司標誌圖案，屋頂也不放過，大字橫跨整座天台，飛機上也看得清楚。

唇膏大廈背道而馳，只在灰色大門磚牆上刻上凱瑟道一八三號。

這個凱瑟，是殖民地時代著名英吉利銀行大班，與同僚一手建立雍島的經濟基礎，不過，今日年輕人已漸漸淡忘此人。

這時，年輕秀麗的葉籽坐在上司面前。

桌子上有一份報告，文件封面寫着凱瑟道一八三號。

一八三號怎樣？葉籽不動聲色，難道要調查這間私人投資公司。

上司大桌子前有一枚名牌，寫着：「特警部隊商業罪案調查組副署長李維安」。

聽名字，這方臉大漢彷佛天生應當此職。

他開口：「葉籽，還好嗎。」

「托賴，過得去。」

「歡迎你復職。」

葉籽頷首。

「葉籽，這次，派你做文職。」

「我不做文職，醫生證明我已完全康復，我可以擔任正常任務。」

「葉籽，你聽完我講，是派你往金式投資公司做臥底。」

葉籽一怔。

「本署懷疑金式已不止一年兩年。」

「懷疑什麼？」

「近十多年，凡是投資金式的客戶，每年均可獲得至少百分之十利息，即使全球銀行息口均低到一個巴仙左右，金式仍然有驕人成績，叫客戶滿意。」

長官懷疑做馬，有內幕交易嫌疑。

「金式掌握了股市上落消息。」

「那也難做到百發百中。」

「這麼厲害？那麼，投資客戶豈非對金式趨之若鶩。」

「當然，金式接受誰，誰就要發財，如今經濟並未走出迷局，每年如有十巴仙增長，五年複利可以歸本，多麼窩心。」

「這有點像古騙術種銀子樹。」

「騙子，總是針對想佔便宜的人。」

「怎樣做臥底？」

「你到金式工作。」

「我並非商科碩士，況且，那樣神秘機構，豈會輕易聘人。」

「喂，剛好有一個空位，機不可失，別擔心學歷，我替你想辦法。」

「會不會有人身危險。」

「葉籽，坦白講，實話實說，這是商業罪案調查組，應付的，也是罪犯。」

「為什麼找我？」

「你看看我手下，不是胖太太，就是中年老生，行動起來，往往要借人，只有你最適合。」

「就我一個人？」

「當然不，麥穗，裘玫，進來。」

一對漂亮的年輕男女進辦公室與上司及葉籽招呼。

一看就知道是行動組超班馬。

「他們輔助你行事，先把金式內部摸熟，三日後再見面。」

三人分別到他們的辦公室坐下。

裘玫說：「歡迎復職。」

葉籽苦笑，連沒見過面的同事都知道她的事。

葉籽說：「我先要閱讀大量資料。」

她說得出做得到，把自各種途徑得到有關金式的材料，讀得滾瓜爛熟。

麥穗說：「聽說葉籽你過目不忘。」

葉籽微笑，「哪裏有這種本事。」

她伏在案頭，一連三日，讀到深夜。

第四日，她得到結論，這樣說：「真奇怪。」

裘玫答：「就是這三個字。」

「金式，上海浦東人，七十歲，華資銀行學徒出身，深得東家歡心，認作門生。」

「傳奇。」

「他當年冒險走山路三日三夜到雍島，自稱是孤兒——」

「由此可知天資勝學歷，任何華爾頓商業學院高材生都比不上這位金先生。」

「人間傳奇，有人這樣說：清朝崩塌，八旗貴族四散，舊時王孫，改姓換名。」

「對，有此一說，他們改姓金。」

「所以金式相貌堂堂，聰穎過人，華人行老闆將女兒嫁予他，多加提拔。」

「啊，如此奇遇。」

三個年輕人凝視網頁，忽然一起嗯地一聲，面面相覷。

他們查探金式後裔資料，看到他有一子一女。

子叫金歸聰，女兒芳名金裕隆，都不像華裔名字，照片打出，長相漂亮像某個韓國明星。

「金式由他們二人承繼？」

「請看金歸聰資料——」

葉籽目定口呆，「這可是金式正式網頁？」

裘玫答：「是紐約市警方網頁。」

「金歸聰是殺人兇手！」

三人意想不到，面面相覷，葉籽只覺得頸後寒毛豎起。

「他親手鎗弒親母。」

葉籽一目十行，很快讀完整篇報告，記憶中她曾經看過該段新聞，當時印象已覺怪不可言，因發生在紐約，故一時擱開，沒想到今日重讀。

麥穗驚嘆：「簡直詭異，三十七歲子因母剋扣二千租金動怒，着女傭上街買熱狗，用鎗射殺生母。」

「二千萬？」

「二千，2加000，2000美元，這是金歸聰的月例，已經支付達二十年之久，金太太忽然覺得兒子應當獨立，拒絕繼續支持，金與母爭持多日，於本年二月十三日夜九時十分突然發作。」

熒幕片段有金歸聰被捕，押上警車畫面，只見他穿便服，高大英俊，面色平靜，不似有精神病。

裘玫不置信，「只為着二千元？」

「金氏律師一定會以精神病為抗辯。」

「為什麼一個男人有手有腳有——連兩千元月薪都賺不到。」

「他不願工作，整年只在加州滑浪，攜女遊樂。」

「他母親為何忽然吝嗇這二千元？」

「可能是受夠了。」

「金氏身家數百億，區區兩千元，算得什麼。」

「真是怪得不能再怪。」

這時麥穗聽了一通電話，「李總有令。」

「怎麼了？」

「行動組搗破一個犯罪巢穴，夾萬裏有一包不明物體，眾同僚百思不得其解，為何該包物料要如此珍重收藏。」

「快去，葉籽，你也一起。」

葉籽本來不感興趣，只是不想掃興。

趕到現場，看到起碼十名以上幹探額角亮晶晶，束手無策。

雖說是搗破巢穴，現場是一間工場，但早已人去樓空，一件傢具不留，幹探分明遲來一步，撲了個空。

麥穗向上司報到後細細巡視現場。

裘玫蹲到地上查看。

她問葉籽：「你可聞到特殊味道？」

葉籽一進門已經聞到，不想扮聰明，隱住不説。

麥穗肯定，「這並非製毒工場。」

裘玫也説：「如涉及毒品，與李總的商業調查組無關。」

這時葉籽輕輕説：「看，地上有油墨漬子。」

「啊，是油墨味道，而且有一種亞麻籽清香，機器四角印子顯然可見，這種尺寸——」

葉籽微笑。

這時李總拿來一隻一呎乘一呎小盒子，「大家看看，這是什麼。」

盒蓋打開，只看到一團團銀光閃閃短線。

「鑑證科已取樣版研究屬何種物質。」

葉籽取起一條，舉手在陽光下透視，忽然輕輕說：「這是加元五十元紙幣上的銀線。」

「什麼？」

裘玫衝口而出：「偽鈔，這是一間偽鈔印刷工場，我估計用的是哈佛斯泰七十二號改裝印刷機。」

李總一聽，如釋重負。

眾同僚現出佩服神色。

李總說：「沒你們三子不行。」

清掃得如此乾淨也還遺漏蛛絲馬跡。

裘玫說：「估計打算印刷約百萬張五十元鈔票。」

「加幣已更換塑膠質料。」

「舊鈔仍然通用，而且漸不為人注意。」

麥穗說：「李總，我們回去原有崗位。」

「勞駕你們。」

回途中麥穗忍不住問：「你怎會知道一堆細線用途？」

葉籽輕輕答：「我見過。」

「在何處見過？」

「我有一個朋友，是偽鈔專家。」

這時，裘玫朝麥穗使一個眼色。

三人組沉默。

過一會，麥穗說：「對不起。」

葉籽說：「沒問題。」

裘玫咳嗽一聲，「回到金氏。」

「是，此刻，金式由誰當家。」

「金普儀。」

「金式還有一個兒子？」

「那是他的入贅女婿。」

「這金氏真非常人。」

「他信任女婿，也寵愛女兒，卻冷落親兒，這也許是金歸聰不滿原因。」

裘玫大笑，「家母視我如仇人，我可沒有持鎗行兇。」

「這些事，旁人永遠不會明白。」

「可以知道的是，金歸聰此刻不必再為房租煩惱，也不用氣忿父母偏心。」

葉籽說：「最近金融大事是匯控遷冊。」

裘玫說：「匯控如此遷來遷去真不是辦法，上屋搬下屋，都不見一籮穀。」

「他生氣呀，當年由上海搬到香港，上海總部之後變為新市長辦公室，好不容易在港立足，又決定搬往倫敦，最近，一連串罰款叫他面子全無。」

「當年是凱瑟大班的決定吧，今日是誰主張拆賣分行？」

「看樣子會引起金融波動。」

「可是，匯控股份持續上升，而且，風吹草動，燭影搖紅，渣打也準備搬家。」

「葉籽，你看到什麼？」

葉沉吟不語。

「金融界似連環船，整排鐵釘鑄牢牢，只怕一隻船着火，殃及池魚。」

「哪隻船先着火，可是高登薩克。」

「高登富可敵國，你看他拖垮希臘的殘酷手法，別的銀行望塵莫及，相形之下，金式只是小意思。」

「葉籽，你對市場瞭如指掌，可有投資。」

葉籽微笑，「那不過是紙上談兵，我哪有資本，即使小意思，金式只接受五百萬美元以上戶口，咦，裘玫，李總為何不派你往金式工作。」

裘玫怪不好意思答：「他嫌我太漂亮。」

葉籽一怔。

麥穗先忍不住笑出聲，「你得罪葉籽。」

葉籽連忙開解：「各行各業都有美女，昨日我看到無國界醫生名單及照片，全是嬌滴滴美人，嘆為觀止。」

整年沒有工作，心情欠佳，關在家裏，除出查新聞，就是吃，而且專吃燉豬蹄膀八寶鴨這種濃油赤醬滬菜，配冰凍啤酒，一下子胖兩個圈。

發覺不妥，趕往健身室。

教練一見，「葉小姐這些日子你去了何處？」

眼前的葉籽仍然秀麗，只是又白又胖，像享福少奶奶，身上多了二十磅，不是立時三刻可以除去。

教練板起面孔，「葉小姐，有些脂肪是遊客，耽一陣子會走，有些脂肪移了民，立地生根，那就麻煩了。」

是，是，葉籽開始做坐臥起伏，她吃驚，躺下，居然拗不起。

想起去年種種，不禁淚盈於睫。

教練不忍，「不要急，慢慢練，上午半小時，傍晚三十分鐘，很快恢復原狀。」

是，是。

緩緩做了二十分鐘，汗流浹背，氣喘如牛，她忽然醒覺：又活下來了，只是老了十年不止。

離開健身室，身不由主朝冰室走去，在門口站住，轉身，回家，喝冰水。

接着，她買許多深色蔬菜，切碎，滴一些醋，拌鮭魚片，生吃，拌脱脂奶。

在跑步機上看着自己瘦下來。

過去一年，每月一號與十五，她都往懲教所要求探訪王璧君。

工作人員相當親切，總如此回答：「葉小姐，又是你，律師已向王氏提及你要求探訪意願，但是他總沒有把你納入名單。」

葉籽點頭。

「葉小姐你真長情。」

「他可有留言。」

「沒有。」

每一次，葉籽都失望離去。

今日，她又來到接待處。

「葉小姐，你來了，王璧君願意見你。」

葉籽意外，反而退後一步。

接待員愉快地說：「快隨我來。」

他代她高興。

葉籽靜靜跟在身後，走進一間大房間，在一張桌子前坐下。

門打開，一個人走進。

正是王璧君，一年不見，不知怎地，皮膚黑了，人也紮實，他精神不錯。

葉籽忍不住握住他手。

制服人員上前說：「請勿肢體接觸。」

「葉籽，好嗎。」

葉籽凝視他，「託賴。」

「你胖了。」

「你説出女子最怕的一個字。」

「沒想到你來探訪。」

「你不肯見我。」

「我不想妨礙你生活，到了今日，我知道大概你不會放棄，加上，我實在想念你。」

葉籽不出聲。

「看樣子你還未找到新男友。」

葉籽答：「不知多少追求者。」

「可有孫悟空、牛魔王。」

「我專等哪吒，他遲到。」

「葉籽，我想念你。」

「我也是。」

再也忍不住，鼻子酸，落淚。

「那麼，待我出來，就去註冊。」

葉籽點頭。

「只怕你父母更加生氣。」

說到這裏，時間已到。

葉籽靜靜離去。

她找殷律師談話。

「葉籽，你氣色不錯，王說你與他見過面。」

「是。」

「真勇氣在這個時候看得見。」

「盲勇。」

「可是，所有勇氣都是盲目，我一個朋友，衝出馬路救一個小孩，結果貨車撞到他身上，不見一條腿。」

「那是英雄。」

「你有事？」

「殷律師，他還要耽多久。」

「一年零七個月，污點證人，算是最低刑期，對年輕人來說，這一年好比十年，當然吃苦。」

葉籽吁出一口氣。

「你在想什麼，阿籽，你父母曾說，你如不與此人一刀兩斷脫離關係，他們不再認你作女。」

「你怎麼看，律師。」

「王璧君不是你可以應付的男子。」

「我不想應付他。」

「天涯何處無芳草。」

葉籽微笑。

「停薪留職整年，你坐食山崩沒有。」

「快了，我已復工，調往文職。」

「嗯，上司認為你已恢復元氣。」

「殷，説一個笑話給我聽，以振士氣。」

「近月股市竟上升三千五百點，你存在我處幾隻鐵股，已有不少收穫，可要放出。」

「也好，低時再入。」

「你認為會跌？」

「凡事有高有低。」

「説得好，這也是葉籽朝上時候了。」

離去時聽見大堂伙計在談股票，一位中年女士説得很好：「雍市資源有限，不過是按了房子買股票，或取出定期投到股市，挪來挪去，三隻鍋，兩隻蓋。」

珍瓏

「一出紕漏——」另一位說。

「咄咄咄，你這烏鴉嘴。」

「不是沒有見過啊，雍市是歷劫奇花。」

葉籽已經走出大門。

裝修油漆用光，她另外挑了兩桶，這次，鬆露台兩張受潮發黑的長櫈。

李總找她。

「葉籽，星期一上午九時正你到金式面試。」

「明白。」

「不用特別打扮，交出你的氣質。」

葉籽忽然想到裘玫說李總嫌她太過標致，不禁微笑。

她手上有一張一八三號圖則，樓下五十層全出租給各類貿易公司，頂三層，才是金式公司，另有專用升降機抵達，大班辦公室在頂樓，應當看到全海景。

都會市民嚮往海景，辦公室與住宅擁有海景均屬身份象徵。

大班室是一個大統間，助手、秘書，全坐在外頭。

葉籽準九時報到。

一個人，她是落了單了，樣樣需自己謹慎。

而其實，她七年前踏入社會，已是單獨個體戶，遇不愉快事不見得有人借肩膀給她靠着哭泣。

她比別人鎮靜，因不介意職位高低，坐中間還是蹲角落，大大方方，辦妥入職手續，隨人事部指示，坐到四號座位。

頓時有竊竊語聲。

她向其餘女生微微鞠躬，「各位好，我是四號葉籽。」

她們分別是一、二、三號。

葉籽發覺眾女生打扮似上廟會：一絲不苟濃妝，眼瞼上套假睫毛，棕色秀髮，動也不動垂肩上，時髦裙子緊繃，當然，腳踏五吋高高蹺鞋，看上去，像站橱窗裏人型模特兒。

只有四號，穿深色西服長褲與白襯衫，還有，平跟鞋。

一、二、三一見，鬆口氣，不把她當敵人，低聲指示：「你負責金先生社交，換言之，便是接聽他妻子及女朋友尋人電話，我有一張護身符傳你，不用多謝，這不是好差使，但過年過節必有小禮物，可大家分享。」

「是，是。」

「其餘社交應酬，推之即可，他從不參與，在商界也沒有朋友，但是不要緊，人人都認與他相熟，不是老同學，就是老朋友。」

這時葉籽一聲不響，把帶來的一盒名貴軟芯巧克力打開，香聞十里。

一、二、三號開心分享。

她們覺得幸運，四號居然是個不化妝不做頭髮的小女生，而且彬彬有禮，不多話，沒有要求換座位，三號報到那日，搬了兩次，還不滿意。

即使是大廳，也寬敞舒適，每人座位離開十多廿呎，私人空間充裕。

李總派她來做臥底，並沒有說明要查的是芝麻抑或綠豆，只說金式可疑得不得了，而投資公司，除出詐騙，就是洗黑錢這兩項違法行動，她需要睜大雙眼。

一號打開大班房給四號參觀。

兩面都是窗，整個蔚藍海洋在眼底，寧人神智，藍天白雲，像是可以捉摸得到，怪不得有人說，平步青雲。

只一張式樣普通桌子，兩張椅子，連文件架書架也沒有，但牆角放一張精緻高几，只得一格裝飾小抽屜。

看上去相當寂寞。

「記得每天叫總務部替他換一盆花。」

一張矮桌，上面放棋盤棋子，噫，是圍棋，黑子用墨晶製成，白子是玫瑰晶，棋子四散，可是一角，黑子已包圍白子，白子走不脫已輸，這黑子局，叫珍瓏。

「金先生每星期一三五會出現一會，上下午不定，你有事，寫在紙上，放進文件篋，擱桌上。」

「為什麼不用電腦。」

「他連手機也無，前年電腦被黑客入侵，煩了一陣子，從此不用。」

葉籽微笑。

「怪人可是，其餘的事，你慢慢就知。」

二號領葉籽到樓下兩層介紹眾同事給她見面。

葉籽多麼聰敏，一看就知道全是監察全球金融上落而不是可隨意控制的小腳色。全部西裝煌然，自以為財經才俊。

金式還設宣傳部、公關組，歷年卻極少發佈消息，他們的大客戶，全憑介紹推薦熟人，漸漸遍全球，包括歐洲貴族以及阿聯酋貴冑。真是詭秘。

那日，葉籽在總務部挑一盆白色茉莉花，放到大班房高几上。

那天，金先生沒有到公司來。

葉籽取出一號慷慨傳給她的護身符。

「安琪：金先生主要女友，小明星驕矜美麗（遲早吃苦），需要像孩子般敷

衍。」

葉籽笑出聲，天下有這麼滑稽的事，她尤其欣賞括弧之內的註解，精簡扼要，叫她得益不淺，「金太太裕隆：像皇后那般招呼沒錯，不可直接用『你』字，當着面，也叫『金太太』，記住，凡事，她說了算。」

「平爾：金太太私人助手，連金先生也信任她，不容小覷。」

葉籽對自己說：哈哈哈，我喜歡這份工作，太有趣了。

接着，芳名冊上還有其他名字像萍萍、莉莉、亮亮、咪咪等，有些連電話號碼已經劃掉。

名單紙張陳舊，捲邊，還有茶杯印子，可見天天用。

葉籽慎重收起。

她到影印房調查。

所有儀器新進，連3D打印機都有，但是，不常用，影印號碼只得五位數字，廢紙籮裏空無一物。

看來，頂樓四名大丫環只負責他日常生活中人事關係，欲知公司端倪，還得往樓下跑。

安琪的電話到，聽見陌生聲音，即刻問：「你是誰？」如此囂張。

「請問哪一位？」「安琪。」「安琪小姐，我是四號葉籽，金先生沒回公司，請撥他私人號碼。」

「葉子？你是新四號，老四號何處去？」

「她別有任務，安琪小姐，我也一樣。」

「他沒有手機你不知道。」

「但安琪小姐，你一定知道其他號碼。」

「哼，他沒打開。」

「我會代安琪小姐知會他。」

「告訴金普儀，等我踏上門來就不妙。」

葉籽吁出一口氣，「安琪小姐，也難怪你生氣，但氣頭上說出這樣話來，就與你美麗斯文形象有差別了，你說是不是，金先生事忙，一下絆住也是有的，小不忍則大亂，千萬別衝動。」

安琪沉默一會，「你是什麼人，忽然教訓我。」

「我是四號，安琪小姐千萬別這樣講，我不過實話實說。」

又半晌，安琪說：「謝謝你。」

噫，不是沒得救。

「依你說，我該怎麼做。」

「我不敢出主意。」

「請說。」

「你該做什麼就做什麼。」

「告訴老金，我明日到台灣新竹外景。」

「必定做到。」

「你叫葉子？」

「正是。」

她掛上電話。

真是嬌寵慣了，同老闆發脾氣。

現實很簡單：要是打算做下去，不用說一個字，不想做，立刻站起走，也不用說一個字。

中午一起吃飯，同心合意，每人一個蘋果，一條芹菜，一號問：「漢堡什麼味道？你上次吃薯條是什麼時候？」她是她們三個人中首領。「四號，你為何不說話，怕我們計算你？」

葉籽連忙否認，她們都笑。

脫下鞋子鬆一會，足趾已擠得通紅變型。

為什麼穿苦刑鞋，好看嗎，男人有說過喜歡嗎，即使是，他們喜歡的東西還很多，豈能一一做到。

「四號，你可有男朋友。」

葉籽忍不住露出惆悵模樣，「以前有。」低頭。

她們不好再問。

大家都廿多歲，老少女了，葉籽還為前頭人傷懷，真是難得。

她們已調查到四號有雙學位，修一般科學與環境科學，不知如何，跑到金式擔任小角色，可能，是要避開先前那個人。

那人，也許是她前任上司，一定已婚，騙色之徒，做他的妻兒才真倒楣。

她們同情四號。

「來，試試這管口紅，保證提神。」

在唇膏大廈試唇膏，葉籽莞爾。

她與王璧君見面。

「氣色好多了。」

「你也是。」

原先以為有說不盡的話，盡訴一年以來苦衷，但是沒有，見面不知說什麼好。

難道問：「吃苦嗎」？這是什麼問題，不吃苦難道還甜絲絲。

「聽説圖書館藏書不差。」

「是，整套莎士比亞。」

「説説你的室友。」

「一個冒簽支票騙取女友家長金錢的年輕男子，天天瞪大眼看着我，晚上大叫媽媽。」

「那麼，睡不好了。」

「十天八天後也成習慣，這才發覺從前『這香檳牌子略差喝不慣』全屬無聊。」

「運動做什麼？」

「籃球，已招了四個徒弟。」

她伸手握住他手，只覺粗糙不少。

制服人員說：「不得作肢體接觸。」

兩人忽然笑。

不能哭，只好笑。

他輕輕說：「在最不能容忍的夜晚，不能入寐，想結束苦惱償回社會債務，但心底出現你憐惜眼神，給我希望，又熬了過去。」

葉籽垂頭。

忽然想到現實問題，「可有人騷擾你。」

他這樣回答：「在外間也一直有人在酒館或街上搭訕，早已成習慣，坦白告訴他們，我沒有意思，『一個吻可以嗎』，他們會懇求。」

葉籽驚駭。

時間到了。

葉籽渾身冷汗離去。

回到公司，她定定神，喝杯濃茶，漱口，到樓下辦公室探路。

一出電梯，就有一個年輕人迎上，「咦，新四號姐姐貴人踏賤地，有何貴幹。」

葉籽瞄一瞄，看到走到時髦尖端年輕男子，頭髮理最新款式兩邊鏟青頭頂留長，西裝貼身，牛津鞋雪亮。

油嘴滑舌，吸引注意，自以為瀟灑，如此着跡，只好算三流。

葉籽惆悵，她知道真正的倜儻人物，那是王璧君，古小說形容一個男人「從頭看到腳，風流往下落，從腳看到頭，風流往上游」，就是說璧君，別人不能相比。

他讀得倫敦經濟學院碩士銜，説流利普通話及法語，研究威士忌，懂得釀私酒，自製淡啤酒，一級香口，開得一手好車，一次小跑車打橫擠入兩架大房車當中，對方司機出來鼓掌……

葉籽吁出一口氣，有更古老的説法：除出巫山不是雲。

這樣一個人，卻生在犯罪集團家族，他們三代印製偽鈔。

更加諷刺的是，他的愛人是警方重案組一名高級督察。

這時，那小生自我介紹：「我叫居安，還認得嗎，請問今天，可以幫你什麼，大家是同事，不要客氣。」

葉籽輕輕說：「帶我到巴伐利亞黑森林看星夜。」

「什麼，你喜歡黑森林蛋糕？那倒容易。」

葉籽回過神來：「請問，你們一組負責什麼工作？」

「本組十二人把客戶投資盈虧記錄詳細列出，整理妥當寄出。」

「客戶一共多少名？」

「一千餘人，經過詳細篩選才能入選，有些戶口超過十年，從來不動本息，只逐年滾存。」

「那你們也應當很忙。」

「再下一層，另外有十二人分擔此類工作。」

「可以給我一份做參考否。」

「公司機密，不能傳閱。」

「大家同事也不可以？」

「那，」小生微笑，「你拿什麼交換。」

葉籽沒好氣，把一支公司鉛筆交到他手中。

她轉電梯回到自己崗位。

三號走近，「四號你去了何處，金太太要見你。」

葉籽一怔，來了。

她緩緩走進會客室，雙手握前邊，「金太太你好，我是四號葉籽。」

那中年女子轉過身子，眼神凌厲。

呵，年紀不小了，轉一個身，都有氣勢，從容，整個人緩緩轉動，凝重斯文。

相貌端正，無瑕可擊，淡妝，衣着低調名貴，可以想像，珠灰是她喜歡顏色，她再也不會一身血紅跑出見大庭廣眾。

她並沒有叫葉籽坐。

打量完畢，有點詫異，「你就是新四號。」

這時有人進來遞茶給金太太，生臉，想必是金太太私人助理平爾。

「這是你平姐，以後有事同她聯絡。」

「明白。」

「金先生人呢。」

這才是正題。

葉籽據實答：「我上班一星期，五個工作日都沒見到他。」

金太太面色略霽，「說我來過。」

「明白。」

金太太又問幾句：「幾歲，在何處讀書，可有男朋友……」

那平爾相當可親，薄唇角微微朝上，不笑也像在笑，小心聆聽。

然後金太太與平爾一起離去。

在電梯裏，金太太問助手：「四號如何？」

「特別文靜。」

「不是軟骨頭就好。」

門一關上，一、二、三便問：「説些什麼？」

「問金先生來過沒有。」

這時身後有聲音問：「誰找我。」

大家回頭，「金太太，剛剛錯過。」

葉籽聽到「剛錯過」三字，有點感觸。

抬起頭，看到出奇漂亮的金普儀。

金先生穿縐麻寬鬆西服，白襯衫，沒結領帶，十分不經意，有他自己一套，不跟隨潮流，頭髮略長，上星期就該修理，額角顏色金黃，約是打球曬的。

「四號，告訴金太太，我與她前後腳。」

他隨意在大堂坐下，這時才抬頭，看到一張素臉，一怔，「四號呢？」

一號連忙介紹解釋。

葉籽立刻找平爾報告。

「大家坐下，告訴我，公司有什麼事。」

他的態度，與金太太剛相反，輕鬆隨和，助手都坐他身邊。

忽然，他聞到大房傳出一陣清香，是那盆盛開的茉莉花，小小白色花朵不起眼，卻有那種奇清花香，該是由新四號準備的吧。

新四號遞上電話記錄。

他看過，擱一邊，他可聯絡過安琪？不得而知。

一、二、三號絮絮說着各種事宜。

比較嚴重的有車子遭人兜頭撞毀，播放錄影片段，是一輛小跑車撞金氏的鐵茲拉電動車。

看後，他微笑。

跑車駕駛位上坐着一個馬尾女郎，是個熟人。

一號輕輕說：「是安琪，我沒有報警。」

影帶上日期是她用電話找人上一天。

「車子已拖廠修理，車行說全毀報銷。」

金普儀點頭，他可是一點也不生氣。

「安琪小姐不斷找你，直至昨天，她去台灣外景，大概事忙，沒有再找。」

金先生只點點頭。

葉籽發覺他們兩夫妻年紀也差一截。

說完了，喝咖啡，樓下廚房做的點心十分精緻，他輕輕說：「青瓜不夠脆。」

三號連忙回答：「是，是，要不要叫理髮師。」

「今日不用。」

他站起，「散會。」

從頭到尾，沒進過大班房。

但忽然丟下一句：「花很香。」

三號送他出電梯。

他才張口，三號已知他要問什麼？「新四號叫葉籽，米字旁一個子字，相當乖巧，從不多嘴，大家相處不難。」

電梯門打開，三號跟進，「安琪小姐那邊——」

「問她要多少，以後不必再來。」

「啊，金太太想知你去了何處。」

「我在加國育空飛線釣魚。」

「金太太會問同誰在一起。」

「大通建築林先生與他朋友一共五人，都是現場證人。」

「明白。」

三號走出電梯，回到辦公室。

樓下秘書送一件包裹及一封信給葉籽。

葉籽詫異，打開，是一枚巴克拉水晶玻璃紙鎮，大小握手心剛好，花紋叫「千朵花」，小卡片寫一個謝字。這是安琪。

信拆開，也只得兩個字：「聯絡。」

她跑到街角，用電話找到李總。

「如何？」

「沒有什麼是我們還未知道的。」

「聽說排場如大觀園。」

「這金普儀，十分瀟灑。」

「你們女人就這樣好色。」

「金小姐自何處招募到這位金先生。」

「據調查，是大學師弟，結婚已有十年，原姓甄，她比他大七年。」

「看得出。」

「還看到什麼。」

「樓下專做客戶的投資記錄，想看看他們怎樣料事如神，逢賭必贏。」

「你絕對可以找到弱點。」

葉籽微笑。

「有一件事，不知該不該説。」

「請講。」

「你不應明目張膽探訪那個人。」

「李總你説話很有趣，一定含『應』與『需』二字。」

「你不愛聽，忠言逆耳，良藥苦口。」

「沒事我繼續工作。」

「葉籽，那人對你無益——」

葉籽已經掛斷電話。

李總督察深深嘆息。

葉籽也重重吁氣。

她真不介意回辦公室，那裏像安樂窩。

一號訝異，「四號，你往何處，可是躲在街角吸煙，你一定要戒掉，於皮膚及心肺皆有害處。」

「明白。」

一號沒好氣，「你各樣都好，速速戒煙。」

「是是是。」

過兩日，安琪還是沒有現形。

下班，有人在背後叫住葉籽。

葉籽認得那聲音，「安琪小姐。」

背後站着的安琪比葉籽想像中年輕高大，梳馬尾巴，穿球衣褲，像是跑步回轉。

「葉子小姐。」

「不敢當，找我何事？」

她把雙手攤開，作一個無奈狀，視葉籽如老朋友。

葉籽沒有走近，她微笑，終於完結了。

「可以找個地方說話否。」

葉籽遲疑，示意安琪走到暗角。

「我的車在那邊，到舍下喝杯茶如何？」

葉籽說：「我有約。」

「你不放心我？我只不過想得到幾句忠告。」

葉籽答：「安小姐，我才疏學淺，怎能給你意見。」

「他叫三號打發我，讓我說一個數目。」

葉籽感慨，安琪不覺傷感，怕已在意料之中。

「該說多少？」

葉籽只覺金先生不是吝嗇之人，但，他也不會是羊牯。

葉籽輕輕問：「你認識他多久。」

「五年，不長不短的日子，近一年，雙方都厭倦，不比從前。」

她取出電話，讓葉籽看上面的照片：當年的金氏自身後抱着當年的安琪，兩人笑得不知多開懷，安琪還穿着校服。

葉籽身為執法人員，目光銳利，看到照片下角日期，輕問：「你今年幾歲？」

一言提醒安琪，「唷，我明白了。」

葉籽又說：「請一名律師靜靜與他說話，千萬不要找報紙或雜誌記者做中介主持公道，他們只為自身利益着想，一日頭條，使你看上去像威脅勒索，激怒對方，回不了頭。」

安琪聽得鼻子通紅，「謝謝你，葉子，你是天賜。」

葉籽轉頭離去。

「葉子，如何酬謝你？」

葉籽想說不必，忽然靈機一觸，鄭重說：「我可否保留要求。」

安琪答：「沒問題，你隨便什麼時候告訴我。」

兩女分手。

五年。

美女的流金歲月肯定有一個價錢。

當年，她應當未滿十八歲。

這金普儀也太大膽了一點。

葉籽對他另眼相看。

第二天回到公司，只見一、二、三號竊竊私語。

她們平時相當規律，不說公事，也不說私事。今日一定有非同小可新聞。

一號走近葉籽，「五億！」

葉籽立刻知道是什麼事。

後生可畏。

依此刻雍市的生活水準，如要維持安小姐目前享受，確要這個數目。

這時，二號忽然尖叫，雙手捧頭，驚恐莫名，跳到桌子上。

葉籽立刻戒備，背脊貼住牆，喝問：「什麼事？」

「老鼠！老鼠！」

葉籽沒好氣。

這時，連二號與三號都爬上桌子，如世界末日。「在哪裏在哪裏！」，只有四號，不慌不忙，聯絡總務部，請他們派人上來。

「多大的老鼠？」「拳頭大。」，「不，足有一呎長。」

總務員工上來，看到這種情況，忍住笑，「小姐們，零食不要亂放」，在角落安放各種捕鼠器。

這時金先生忽然出現，看到他名下四大助手不顧儀容驚惶莫名都蹲辦公桌上，不禁生氣，「全給我下來。」

今日，他神色非比尋常。

稍後，他與她雙方律師也來了。

門虛掩，大抵已不是秘密，也無甚對白，只聽得金氏說：「只此一次，切莫一年內花光。」

「她明白。」

三方在文件上簽字，移交本票。

然後，三人一起離去。

一號咋舌，「多厲害。」

正想說幾句，金太太進門來。

她問：「都走了？」

三號上前回話。

「誰說賺錢不容易，還沒算這幾年的衣食住行與首飾，還有，細沙灣的獨立屋。」

大家不敢出聲。

「不過，」金太太說：「送走這個瘟神，也還值得。」

她全知道。

大家低頭，唯唯諾諾。

金太太也走了。

大家鬆口氣。

不一會，又尖叫起來，原來捕鼠器捉到一隻老鼠。

只得葉籽一人有膽走近，黑色老鼠不大，兩三吋長，垂頭喪氣，只看到大耳朵與長尾巴。

三號叫人拎走。

一號敬佩四號，「葉籽你好似什麼都不怕。」

「怎麼不怕，至怕生老病死，還有，貧窮。」

「說得好。」

三號有感觸，「你說，我們這票人老了怎麼辦，又沒有五億。」

「我只得三個月薪水那麼多積蓄。」

「都穿在身上了。」
「還得償還房屋貸款。」
忽然沮喪起來。
「你想必看到金式沒有老臣子，平均年齡三十三歲。」
一號說：「我都三十了。」
葉籽連忙為她減壽，「看上去至多廿五。」
大家又笑起來。
那天下班，葉籽心情沉重。
一隻老鼠，一隻也不能容。
「葉籽，等一等。」
一回頭，是西裝小子居安。
他低聲問：「今日樓上什麼事，人人板着面孔，殺頭似，會計部人員出出入入。」

葉籽看着他。

他尷尬，「我知你不會告訴我。」

不料葉籽趨近，在他耳邊說了幾句。

小子驚奇得張大嘴，一時合不攏。

葉籽輕輕走開。

她不把她所知消息告訴他，他也不會把他手中秘密洩露給她。

第二天一早，葉籽探前男友。

這一日可能是農曆節日，許多親屬排隊輪候。

聽他們說話，原來是清明。

今日的孩子，想必不會背誦「清明時節雨紛紛」，放假就好。

輪到葉籽，制服人員看一看記錄，「葉小姐，前兩次，你均與親屬作肢體接觸，第三次若再犯，就要禁止你們見面，聽清楚沒有。」

葉籽連忙答是。

她走進房間，發覺長方形桌子擺得不一樣，現在她與王氏只能坐兩頭，距離比較遠，握不到手，這樣費煞工夫，也難為他們。

「璧君。」她坐下。

他微笑，「說一些辦公室趣事聽聽。」

葉籽說：「連我一共四個助手，叫一二三四號。」

「她們沒有名字？」

「有是有，但一號像三號，二號又模仿一號，真像三位一體，連衣着化妝喜惡都一樣，漸漸就光叫號碼更清楚，不會攪錯。」

「難道你也一日比一日像她們。」

「那倒不會，我出名鐵鑄倔強個性，專擅螳臂擋車，力抗強權。」

「籽，你還是你。」

「可有其他的人前來探訪。」

「我都叫他們不要來，懶裝笑臉。」

「此刻的笑臉也是偽裝？」

「一半一半。」

「那套莎士比亞讀完沒有？」

「此刻看大小仲馬名著，我甚喜《基杜山恩仇記》。」

「別忘記雨果，他的故事蕩氣迴腸。」

「我想先看托爾斯泰。」

「下次，我給你帶《紅樓夢》。」

這時兩人又笑起來。

散場時間又到了。

「多希望再擁抱你。」

以前最平常的事，一旦失去，變得難能可貴。

出去時聽得一個少年說：「遍插茱萸少一人……」

葉籽莞爾，那是重陽，不同清明。

一輛黑色車子停在她面前。

是李維安總督察有話要說。

葉籽上車。

「葉籽，金式案有新發展，你我奉命協助，不再是主力。」

「什麼？」

「美聯邦調查局及國際刑警已着手調查金式，不再單是我方責任。」

紀律部隊一定需服從紀律。

「又把我調走？」

「你協助。」

「即是閒閒散散，不必辛勞，麥穗與裘玫二人呢？」

「葉籽，各有各做，互相交換消息。」

「他們人地生疏，查一年也不知就裏。」

「所以才保留你這條線眼呀。」

「是什麼觸動聯邦調查局神經。」

「美前聯邦儲備局局長溫伯格最近與金普儀往來增密，據說，像父子一樣，金氏不但送豪華遊艇，連理髮與按摩師都推薦給老美國人，細心肉麻奉承。」

「老美拿什麼交換。」

「他前職位的聲譽及人脈，由他作中介，在歐美相幫推薦金式據云固若金湯，年息十個巴仙的存款服務。」

「金式正大規模洗黑錢。」

「你看到什麼沒有？」

「但凡亡國，總是兩件事：奸相與奸妃，我正調查。」

「要是能比他們搶先一步——」

「李總，給我打氣。」

「葉籽，我看好你單人匹馬闖虎穴。」

葉籽被他逗笑，「是，上司。」

車子兜回停車場，葉籽駕自己小車回家。

接着一個星期，金式忙着趕遊艇移交儀式，四大助手忙得團團轉，葉籽負責做帖子，先列出名單，然後，讓金普儀先生夫人增刪。

大部份歐美客人都是財經與文藝界著名人士，一號説：「這回可以大開眼界，記得拍照留念。」

少不了電影明星，只是，安琪不會是其中一人，安琪獨憔悴。

葉籽有意無意用紫色筆把金太太裕隆五字寫得老大，以示鄭重，金太太看了微笑，「這孩子」，她説。

一號看到葉籽不慌不忙，按部就班，事事妥貼，才發覺她是人才，有點錯愕，又高興大家相處不錯。

那艘長兩百二十呎遊艇叫雙囍。

據説，有一層，裝修得像那前聯邦儲備局老人家的住宅會客室書房臥室衞生間一模一樣，叫老人賓至如歸。

老人歡喜得特別自長島來到雍市接收遊艇，還帶着好幾個州長。

這幾天葉籽坐在大班房工作，與金普儀十分接近。

金太太說：「儀式在下午舉行，六時散會，一則，那溫伯格年紀大，吃不消一直拖到晚上，二則，金式不想給人一種酒池肉林感覺。」

二號問：「客人怎麼辦。」

「送回酒店。」

「有人醉酒呢。」

「抬回酒店。」

金太太難得幽默，大家以笑聲表示欣賞。

這一天，大班房高几上放着一盆鮮白牡丹花，艷麗、奇香，的確是花魁。

金太太說：「從前，不知牡丹甜香濃郁，不香，不好算花。」

金普儀對着窗戶坐，陽光照滿他上身，整件襯衫像是鑲上金邊，好看煞人。

「金先生，賓客共一百三十八人，可有意見。」

他略現倦態，「金太太說了算。」

三號說：「那我與一號往酒店試菜。」

葉籽忽然想起，「保安工作做妥沒有。」

這時金氏抬頭，噫，只有這個女子注意重點。

「由保安組負責招兵買馬，向總務主任報告。」

那即是與四人組無關，但葉籽還是向總務部傳來細節過目。

金太太說：「這孩子乖巧，改日調給平爾做幫手。」

金普儀答：「你年紀與她差不多，別老叫她孩子。」

金太太開心咧嘴，「你還是那麼會說話。」

「金老會否出席。」

金太太沉默一會，「我問過他，他想多休息，這個項目交給你我。自從那件事之後，他十分氣餒，突然衰老，提不起氣。」

「事情有何進展。」

「他已認罪，律師將以精神病抗辯，以期減輕徒刑。普儀，你已是金式唯一承繼人，好自為之。」

他不再說話。

到了大日子，四個號碼一起換上制服，說是制服，特別好看，是套深藍水手服，配長褲，不必露腿，以示尊重。

葉籽她們一早到場，發覺工作人員與客人幾乎一比一，招呼再周到沒有，那麼多人在一艘船上，卻不顯得特別擁擠。

船身採用大量桃木，大方斯文，並無暴發氣息，看得出造價非同小可，可是不見炫耀。

金太太攙扶着新船主溫伯格上來，大家一起鼓掌祝酒。

老美國人頭髮全白，美言幾句：「我有些餘錢，想存到金式，被普儀拒絕，『您老放鞋盒收床底吧』，哈哈哈，要金式收錢，還真的得需看面色。」

嘉賓都笑起來。

一號說：「真沒想到動作大明星——那麼矮小」，二號說：「而美麗影后——已經見老。」

葉籽站船欄邊，看到記者乘小艇想接近雙囍號。

有人在她身邊說：「對你來說，可能是太熱鬧了。」

葉籽抬頭，看到居安，他也來了。

「明日下午六時，在公雞酒館等你。」

呵，他要回報她。

這時，有一中年西人趨近，要葉籽介紹雍市風光。

葉籽微笑應付。

那西人要求特別，他要找古董明式或宋式傢具，「除出蘇富比，還有其他途徑嗎」，「蘇氏比較可靠」，「民間還有紫檀」，「早在清代也只得皇宮有」……

客人只希望與英語流利漂亮水手服年輕女子閒聊，沒想到對方言語得體。

葉籽站甲板上三小時至腿痠，一句真話也沒聽到，奉承話叫人雞皮疙瘩落滿甲板，這種場面，多出席會得減壽。

但一號似乎有所收穫，有一位州長邀請她到美國度假時與他聯絡。

「哪個州」，「猶他，州長可以保薦入籍」，「你很想做美國人？」一號不出聲。

葉籽是制服人員出身，比她們能捱。

第二天，她遲到半小時，另外那幾名人影不見。

葉籽與她們沒想到金普儀已經悄悄坐辦公室。

葉籽捧着梔子花進去時看到他。

他有點歡喜，輕輕說：「我不知咖啡放何處。」

「我幫你做。」

「勞駕。」

二號把他的藍山咖啡罐上寫着金字。

她幫他做了一小壺。

他朝她笑笑。

不料此時，平爾也來了，扶着一個老人，慢慢走進房間，以眼色示意葉籽把安樂椅端近一些。

葉籽連忙照做，只見金普儀站起迎上，「爸，這麼早。」

葉籽知道這白髮白眉老人便是金式，她連忙退出房間。

唉賺得全世界又有何用，上演希臘神話級悲劇。

她到茶水間煮半壺開水。

果然，平爾出來，取出一小錫罐茶葉。

葉籽連忙提起茶壺，「剛好冒蟹眼泡。」

平爾微笑，「太太說你乖巧我還不信。」

連忙用那水泡了茶。

「什麼茶？」

「老君眉。」

她出去了。

這時一、二、三號也全回來，知道老人與金氏全在辦公室，花容失色。

平爾遞完茶出來，不理睬她們，獨與葉籽說話。

──「我在公司五年，也自這個辦公室調出，看樣子也不能再升，想回學校讀管理科，葉籽，你是有學歷的吧？」

不一會，金老出來，平爾過去，男護也上來攙扶，與金普儀一齊離開辦公室。

她們趨近，「說些什麼？」

「沒聽見。」

葉籽進房收拾，看到案頭紙上寫着：「探視」兩字。

她希望看到更多，但是沒有，辦公室一貫空蕩蕩。

葉籽知道不與一號她們分享秘密是不行的，把一號叫進，給她看那兩個字。

一號說：「呵，要去探望金歸聰。」

葉籽把拍紙簿仍然放桌上，收了杯碟。

傍晚，她依約到公雞酒館。

居安已在等她。

他說：「第一次約會，喝什麼？」

「我不喝酒。」

居安「啊」一聲，細細凝視葉籽，「你越看越好看。」

「找我有什麼事？」

「你一點機會都不給我。」

「我們做好同事更加難得。」

「你不會做長久，以你這般人才，怎麼同一、二、三一起混。」

「狗眼看人低。」

這時，他自公事包取出一隻馬尼拉大信封，「你回家細看，這是某大戶的投資回報報告。」

葉籽由衷說：「多謝。」

他比她先走。

葉籽坐一會，才結賬離去，一共兩個年輕男子向她搭訕。

回到家，立刻攤開那份投資報告細讀，某先生姓名當然已經刪除，但是他去年的投資記錄清清楚楚詳盡列明三頁紙上。

小學生都看得懂，某年某月某日買入何種股票以及數量，哪隻存，哪隻放，奇是奇在永遠剛剛恰恰在最最適當時機放出，筆筆有進賬。

逢賭必贏，天下第一營生。

奇異得難以形容。

葉籽按捺不住，像看一部放不下的小說，犧牲睡眠，把三張報告翻來覆去細看，又在有關網頁找到去年全年那十來隻股票上落記錄，對比之下，絲毫不錯，並無漏洞。

金式抽佣十二巴仙，不是小數目，有錢大家賺，客戶心甘情願。

天蒙蒙亮。

葉籽約居安見面，如此蹊蹺時間，他一口答應。

約在路邊小食店，他叫兩杯絲襪鴛鴦茶。

他說：「我最喜歡看大清早素臉年輕女子，叫我想起大學到宿舍外等女友溫馨。」

葉籽微笑，「那樣好日子都會過去可是。」

居安吁出一口氣，「有什麼事，說。」

「可否再給我看多一份報告。」

「我已經揹着誅九族之罪，你別過份。」

葉籽不出聲。

「你是哪一間銀行的臥底，說。」

這小子不笨。

他的手放到葉籽肩上，「不過，凡事都有可能。」

葉籽說：「年輕的你，也什麼都已擁有，還貪什麼？」

「愛情。」

葉籽握着他的手：「這並不是愛情。」

「我也知道，但一看知道你是一個懂得愛人的女子。」

葉籽嘆口氣，「謝謝你出來，居安。」她不該小覷他。

他忽然說：「在查探金式的不止你一人。」

葉籽一怔。

「任何投資生意，連續十年穩賺某個數字，都惹人思疑，可是你也見到，那麼多達官貴人都躺下身子支撐金式，叫他過了一關又一關。」

「是什麼竅巧。」

「我也不知道。」

喝完濃茶和咖啡人也醒了。

居安送葉籽回家。

在門口，他忽然在身後捧起葉籽臉深深嗅她頭髮，然後放手走開。

葉籽淋浴更衣回公司。

一號迎出，「金先生找你。」

金普儀這樣說：「我們去一個地方。」

一號立刻安排車子。

兩人在大廈門口等候一會，一輛黑色大車駛近，護衛打開車門，金普儀不忘禮貌讓葉籽先上車，示意她坐對面，身邊是律師。

車廂對面還有兩個人，是金老與看護。

車子朝郊外葉籽相當熟悉的一條路駛去。

這條路，只通往雍市三座規模不小的懲教所，葉籽已經明白。

但，為什麼叫她同往？她既不會擔又不會抬，想壯膽也不至於找她。

但辦公時間已被公司買下，隨老闆出差也可算是份內之事。

乙座不同甲座，乙座是嚴重罪案拘留所，守衞森嚴，制服人員一聲不響按章辦事，只聽見紙張索索響，腳步聲踏踏，真有監獄感覺，葉籽寒毛豎起。

只允許兩名探訪者進房，老人指一指葉籽。

葉籽詫異，原來是老人叫她做隨從。

她點點頭，與他走進房間坐好。

不久，制服人員帶着當事人進來，雙手用手銬銬實，鎖在桌底鐵圈。他是殺人犯，待遇不同。

葉籽面對面看清楚這個年輕人，他比新聞片中還要漂亮，人真正不可貌相。

父子都沒有說話。

過很久，老人才問：「為什麼？」

那兒子卻說：「請安排我每日可到天井多逗留半小時，我想曬太陽。」聲音動聽，語氣婉轉。

老人又再問：「為什麼？」

對方不回答，已經站起，要求離去。

老人頹然。

這次探訪完全失敗。

老人離開的時候更加衰老，似乎站不直。

葉籽卻沒有伸手扶他，男護強壯有力，他知道怎麼做。

律師趨前說：「勞駕你，葉小姐。」

回去時葉籽與金普儀同車。

金氏問她：「他說什麼？」

「他說他想曬太陽。」

金與葉籽同樣震撼。

葉籽回到公司，一號問她：「你可知為什麼？」

二號猜想：「他需要金錢吃喝嫖賭吹，還得一大幫人跟着威風，他恨家長不開水龍頭。」

「可是殺死親母——」

葉籽抬頭，輕輕說：「噓。」

大家明白，坐下處理日常事務。

中午，一號對葉籽說：「這個地方，有點奇怪，我不想再做下去。」

葉籽忽然想到，大地震或大海嘯這種重型災難發生之前，小動物像鼠、鳥、昆蟲會得預知亂竄逃跑。

她無意對一號失敬，但這一刻，她確有此感。

「你不怕損失長俸。」

「金式有這個好處，會依年資比例發獎金及俸祿。」

「可是要結婚。」

「只是覺得累，葉籽，你年輕幾年不發覺，我只覺每早臉又腫些，聲音又粗糙不少。」

「放大假吧。」

「回來，你就坐了我的位子。」

「別把我說得那麼可怕。」

「葉籽，你已經擠到我身邊。」

這時金太太出現，「四號，說幾句話。」

葉籽只得跟進房內。

「今日這瓶玉簪花邊也是你挑的嗎？」

葉籽點頭。

她閒閒問：「金歸聰對父親說些什麼？」

「他說想多曬太陽。」

「就這麼一句。」

「不錯。」

「金老為什麼要挑你進倉房。」

「也許，想緩和氣氛。」

「金先生已在安排曬太陽的事。」

事不關己，但葉籽略覺安心。

「全市都知道這件事，你不用忌諱，你說，他殺人到底是為什麼。」

葉籽不得不說：「律師覺得是精神問題。」

「不必太同情歸聰，他這一生，予取予攜，游手好閒，為所欲為，叫他負任何責任都是不可能的事，從不覺得居有定所有何好處。唯一見得到他之際是他伸手時候，外邊許多人因為金式緣故都應酬他，相信我，他比我們這些長戚戚憂心忡忡的勞動模範快活得多。」

只是這趟搞大了。

「他非常憎恨與他方向完全不同的家人，尤其痛恨普儀，背裏叫他是Lap dog，可是，對他最慷慨的也是普儀，那夜，如果普儀不是往紐約出差，悲劇不會發生。」

葉籽越聽越覺不妥。

金太太忽然說：「不怕，我只不過想一吐心事，否則真會憋死。」

平爾呢，為什麼不對平爾訴苦，還有，心理醫生也可靠。

金太太說：「平爾要辭職，你過來幫我吧。」

那就永遠沒有下班時間了。

葉杍不想有任何誤會，「金太太我並非適合人選。」

金太太無奈，「其實，你也看到，我脾氣不算差。」

「那當然。」

這時平爾接她往飛機場。

「金太太到釜山度假，約三天回來。」

「明白。」

三號趨近問：「說什麼？」

「都很多苦水。」

「很奇怪可是，金太太也有苦水。」

丈夫太漂亮了。

果然，花店送來一大束鮮紅玫瑰花，一號接過，把花花綠綠華麗包裝全部撕下，另外裹上一條金先生的手帕，交給司機：「當心，今晚他要用。」

葉籽微笑。

王璧君也會這一套，有時花束七零八落，就那樣不經意握在手中，特別可愛，他每次都送鈴蘭伴毋忘我。

這一次見到他，他額角有瘀痕，打架了。

「暫時住獨立房，這時才發覺，同房雷般鼻鼾聲，不那麼討厭。」

一定是度日如年。

「需要什麼可以帶給你。」

「你人在我面前就已經很好。」

「有一件事，想聽聽你的意見。」

「你有男朋友了。」

葉籽微笑，輕輕把金式投資客戶記錄上奇怪現象告訴他。

「嗯，內幕交易，百發百中。」

「我也這麼想。」

「我家過去曾想投資金式，雖然中介也是有力人士，但被他們一口拒絕。」

「那麼，金式是一座私人會所。」

「可以如此講。」

「總而言之，金式彷彿有預知股市上落能力。」

時間到了，「保重。」

「你也是。」

這次，不知恁地，葉籽叫他：「璧君。」

他轉過頭，朝她笑一笑，那神色，似他倆起初約會依依不捨的模樣。

葉籽鼻子都酸了。

回到家，整晚忐忑不安。

想起王璧君在她這裏逗留到凌晨還不願離去，終於哄得他出門，不到五分鐘，他又按鈴，笑嘻嘻一聲不響站門口。

是這樣，他們決定結婚。

事發之後家族老中青三代爭着認罪，警方這樣說：「凡事講證據，不是說你認了算」，璧君自幼由叔父供書教學，撫養成人，他替堂兄弟成功頂罪，指出市內某與某也是參與者。

污點證人，當然有人恨之入骨。

第二早，李總對葉籽說：「聯邦調查局已掌握到蛛絲馬跡，最近金某頻往中東拉攏投資客你可知道？」

「我無所知。」

「中東因油價下降頭大如斗，手頭緊絀，據云金式此行，不易成功。」

「金式為何需要新的資金。」

「填氹。」

「什麼叱？」

「據說有若干大戶停止續約，抽調本金改為投資房產。」

「這種收支之事一向都有，為何發慌。」

「你找到什麼？」

「並非可以抓緊的重要線索。」

「聯邦調查局也這麼說。」

「可否讓我辭職。」

「才三個月耳，你也太心急棄船。」

「你可覺風雨欲來。」

「本市一向是冒險家樂園，你多耽一會。」

葉籽吁出一口氣。

「金式的資產，據報已達——，這是一個小國全年生產總值，非查一個究竟不行，你可見到什麼窮奢極侈行為？」

葉籽忽然想到安琪。

「——奇是奇在金老夫人居然尅扣兒子兩千美金零用。」

「老總，我還有事做。」

葉籽把無號碼即買即用即棄手提電話扔掉。

她設法找到安琪。

安琪立刻來聽電話，「葉子，找我有事。」

「可以喝杯茶否。」

「我在華貿時裝拍攝平面廣告，你可以即刻過來說話。」

葉籽飛車前往。

只見攝影室十多個工作人員服侍安琪，她像是比前些時候更漂亮精靈，而且明顯投入工作。

理髮師一邊幫她梳頭她一邊說：「葉子，很高興見到你。」

葉籽微笑，「安琪小姐你也毋須如此忙碌。」

「不工作做什麼，我不喜搓牌喝茶。」

葉籽把聲音壓得極低，「請問你可有投資金式賺取利息。」

「金普儀幫我做過一份計劃書，並替我存入一筆不大不小存款，叫眾姐妹艷羨不已，分手之後，早已提出。」

「可以看看去年的報告否。」

「呵那一份記錄，我得找一找，不知扔掉沒有。」

「勞駕。」

「這就是你的要求？」她詫異。

「是，唯一願望，燈神。」

安琪開玩笑，「以後，我自由了。」

葉籽也笑，「安琪小姐真幽默。」

「要一份過期無效的投資報告何用？」

這時化妝師腳底踩到半塊蛋糕一滑摔跤，手裏化妝品撒滿地，唇膏骨碌碌滾到安琪腳旁。

她不假思索蹲下一一拾起，連聲安慰手下：「不要緊，不要緊。」

她也不似難相處的人，與金氏鬧翻，想必不止是脾氣欠佳。

也好，丟掉副業，正式開始正業。

只聽得她忽然嬌嗲地問攝影師：「我漂亮嗎，説我漂亮。」

攝影師笑答：「你美麗誘惑如一塊啫喱軟糖。」

大家呵呵呵笑。

葉籽道別。

助手送她出去。

街上陰雨，與工作室暖烘熱鬧剛相反。

怎麼，秋季已經來臨？

一定是一、二、三號嘰嘰喳喳説錯什麼得罪夏日故此伊一氣拂袖而去。

她躑躅回家。

有涼意，忽然覺得累，倒床上盹着，抓件外套罩身上，厚被褥還在衣櫃裏呢。

她看到自己回到大學園子小徑，地上薄薄雪將融未融，特別滑溜。

回到該處幹什麼？

她很快知道。

前邊有個人影，忽然停步，轉頭。

「璧君，等等我，帶我一起走。」

她奔上，滑倒，王璧君並沒有趨近扶她，反而緩步走開。

她爬起身追上，這次動作比較快，終於，抓到他衣角，他再次轉身看她。

「璧君，」她伸手撫摸他柔軟頭髮與嘴唇，「你往何處」，他沒回答，只是微微笑。

就在此時，電話鈴叫醒她。

葉籽冷得渾身發抖，腳底抽筋，麻痛難當，連忙搓揉。

電話是錯號，對方幽幽說：「對不起，吵醒你。」

葉籽沐浴更衣回公司。

在大堂，看到兩名護衛押着居安走出升降機，葉籽輕輕閃到一旁。

慶幸居安垂着頭，沒看到她。

護衛看着他出大門。

葉籽搭訕，「這麼早。」

「人事部忽然下命令，想是不想驚動別人。」

葉籽不便多問。

下一個就輪到她也說不定。

她以為居安稍後會給她電話，但是沒有。

她又一次小覷同事，辭職離職這種事，稀疏平常，毋須解釋，別處也找得到懂事的女同事。

她坐到座位，呆一會，找人事部打聽。

不遠之處坐着一號，她笑，「為什麼不問我。」

「那位居先生是怎麼一回事。」

「他騷擾女同事。」

葉籽立刻知道這是欲加之罪，居安不是那樣的人。

「不作調查，立刻趕走？」

「公司對這種事零容忍。」

「由誰舉報？」

「樓下一個小女孩。」

「他沒抗辯？」

「合約上寫明隨時解僱，代通知六個月薪酬，噫，你認識這個人。」

「說過幾句話。」

「樓下幾層的西裝客，全不是對象，對了，你幫我看住電話兩小時，我去看婦科。」

「什麼病可以說嗎？」

「婦科病。」

她去了。

背影還是那麼嬌嬝，腰束得極細，只有把胃與肺葉往上推移才能穿得下那麼窄的腰封，一天穿十小時，何止婦女病。

葉籽把所有頂燈開亮，卻覺更加寂寞。

她站窗前看海景。

忽然電話響。

一看，是自己桌子，她走近取起聽筒，才說：「金式投資——」已被對方打斷，「葉籽，我有話說，你坐好」，是殷律師。

「殷律師早，有事儘管吩咐。」

「你在公司也好，葉籽——」她說了一句話。

葉籽把那十四個字聽得清清楚楚，但不知恁地，不能夠把那十四個中文字連貫起來，形成意思。

她呆在那裏。

「葉籽，這件事由我處理，你不必理會，你做你該做的事，聽明白沒有。」

葉籽僵硬地放下電話。

這時，二號與三號走進大堂，「咦，四號，金太太不在本市你都如此勤工，一大早坐這裏幹什麼，我們買了咖啡，快到休憩室享用。」

葉籽呆呆看着她們，雙臂撐着桌面，想站起身，一下不行軟倒，再一次，站起來了，雙腿又麻又痛，她僵硬地一步步走近她們。

二號先看出苗頭不對，「四號，你不舒服？」

葉籽再走前兩步，忽然錯步踉蹌，身子往前仆，三號箭步去扶，已經來不及，她朝文件櫃倒去，額角碰到櫃角，臉朝下，啪一聲倒在地上。

二號與三號大驚，「快，叫醫生」，二號急忙用電話召金式長駐醫生。

三號輕輕撥轉葉籽，只見她額角打開一個洞，鮮紅血液緩緩流出，葉籽雙目緊閉，面色灰白，不知死活，她嚇得手足無措，只聽得二號喊：「醫生叫用紙巾按住傷口。」

她連忙取來紙巾盒顫抖着手照做。

醫生已經趕到，要召救護車。

這時金普儀剛剛到，他鎮靜吩咐：「醫生，我倆送她到急症室更快。」

他把外套搭到葉籽身上抱起立刻行動。

不知隔多久，二號才說：「叫總務上來清潔。」

三號一看，地毯血漬斑斑。

一號自婦科醫生處回轉，驚駭：「發生什麼事？」

二號斷續報告。

一號頓足，「你們竟忘記一八三號這三層樓不准召警的規矩。」

「幸虧金先生忽然回來。」

「你們走狗運。」

這時金普儀已經找她，她答：「明白，立刻到。」
她拿起桌上咖啡一邊喝一邊趕往醫院。
葉籽被安排在私人病房，額角縫了五針，醫生已經離去，她也甦醒，照說可以出院，但是醫生覺她神情呆滯，需留院觀察。
金普儀卻沒有走。
他站窗前沉思。
沒穿外套的他雙肩寬厚，腰身仍窄，雙腿修長，一號忽然面紅，在這種時候看老闆身段，實在離譜。
「一號，發生什麼事？」
「我不在場，但聽二號說，她無端端摔了一跤，碰到文件櫃角落，昏厥不醒。」
「什麼原因？」
「醫生應該知道。」

「她可有親人？」

「人事部記錄說如有急事可聯絡一位殷律師。」

金普儀一聽律師二字頭都大。

一號探頭問葉籽：「回答我，可要知會殷律師。」

葉籽搖頭，「不用。」

聽到她開口講話，一號放心，「你想吃什麼，我替你辦。」

葉籽像是在思索，可是隔很久也沒主意。

金普儀這樣說：「叫司機買幾款鮮甜的粥。」

一號答應着去吩咐。

她在葉籽耳畔說：「看，一般是助手，你的待遇偏偏不一樣，快好轉來，無論什麼叫你失措，忘記它。」

葉籽握住一號的手。

一號微笑，低聲問：「你可知我名字。」

「你叫韋惠。」

一號放心，「沒事，沒事。」

粥送到，金普儀說：「我挑及第粥，配料多，味鮮美。」

一號詫異，「金先生，你不回公司？」

金普儀彷彿沒聽到，「葉籽，你吃皮蛋瘦肉抑或魚片粥。」

一號把碗拿近，「可要我服侍你。」

葉籽竭力坐起一點，「不敢當。」

一組三人就這樣吃起來。

金普儀襯衫胸前還有血漬，此刻已變成銹色。

葉籽想說不好意思，但不能說出口。

看護進來注射，「讓病人休息吧，她明早可以出院。」

這樣，金普儀才輕輕離去。

一號看着葉籽入睡，才放心回公司。

這時，金普儀已換過衣服，正在見客。

三號悄悄說：「嚇煞人。」

一號不出聲。

「金先生問四號受傷是否真實與人無尤。」

「他懷疑有人推她？」

「誰？」

「他問金太太回來沒有。」

「金太太與平爾仍在釜山。」

「真奇怪——」

「還不快去做事。」

她們都意料不到，金普儀晚上又到葉籽病房探訪。

他坐了好一會。

葉籽受傷叫他想起往事。

往事永遠是最最討厭的事，儘管把它沉到海裏埋到心底，在適當時候，它總會借屍還魂，游出來作祟。

金普儀想到他初進金式，辦公室也發生過同樣事件，像得不能再像。

那時他的秘書也漂亮明敏，是個好幫手，一夜，兩人一起加班，齊齊吃宵夜，被金裕隆看見，不知怎地，她一手拉起女秘書，一摔，把她甩到一角，撞到文件櫃，頭破血流。

如今，又發生同樣的事。

那次，金式作出合理金錢賠償，經律師斡旋，金裕隆親身向那女孩與家人道歉，才擺平此事。

從此，金普儀對金裕隆心生畏懼。

晚上，她走進他寢室，他老懷疑她手中握着利刀，連忙開亮燈——夫妻已不像夫妻。

半夜，葉籽甦醒，看到一個人坐在她床邊。

她有點糊塗，呵，璧君來了，他來帶她走。

她掙扎起身。

那人扶起她，餵她喝檸檬水，不，不是璧君，他身上有強烈汗息，捲起袖子的手臂全是汗毛，她驚訝，張大雙眼看仔細，呵，是金先生。

她怔怔看着他，一時不知如何反應。

只聽得他輕輕說：「還好嗎，看樣子明早還不能回家。」

葉籽忽然覺得雙膝齊痛，拉開毯子，發現膝蓋摔得又青又腫。

臉呢，一摸，不用照鏡子也知一邊腫起許多。

她沉默。

這一跤摔得太重。

金普儀輕輕問：「告訴我，我替你出頭，可是有人推跌你。」

葉籽搖頭，「全是我自己的錯。」

「不要怕，實話實說。」

葉籽把事情組織一下，「我聽來一通電話，是殷律師找我，她叫我坐好，接着，她說了一句話。」

金普儀小心聆聽。

「她說，」葉籽忽然想起那句話，如萬箭穿心，她捧着胸，悲愴地說：「她說，『王璧君已於昨晚在獄中自殺身亡』。」

金普儀訝異，「這王璧君是什麼人？」

葉籽呆呆地答：「我的未婚夫。」

完全出乎意料，金普儀低呼：「可憐的葉籽。」

他握住她手。

「我記得我走了兩步，就跌倒在地，完全與人無尤，你別懷疑她們。」

明白了。

真相遠遠比他想像中淒厲。

如此遭遇，叫他心酸。

男人闖的禍，統統要女性承擔。

半晌，葉籽沙啞着聲音說：「我必須辭職，我不能繼續工作。」

「你告大假吧。」

她點點頭。

葉籽這時看上去似一隻被頑童糟蹋得不像樣子然後扔到垃圾箱的洋娃娃。

「你好好休息。」

剛要走，看到一號忽忽進來，一見老闆，立刻誤會，他一整晚沒走？他與葉籽有什麼瓜葛？

金普儀朝她頷首，一聲不響離去。

一號對葉籽說：「我熬了燕窩粥給你，不管有效無效，是我心意，金太太今日回轉，我有得好忙，你要珍重。」

葉籽又點頭。

一號忽然說：「你這樣魂不守舍，是為着金普儀？不值得，他不過偶爾投影在你的心波。」

葉籽在她耳邊輕輕說一句話。

一號聳然動容。

葉籽始終沒有流淚，一號卻嚇得淚盈於睫。

醫生進來檢查，吁出一口氣，「最好多留一天。」葉籽堅持出院。

一號讓她吃完燕窩，叫司機送她返家。

「你千萬不可胡思亂想。」

一言提醒葉籽，她有什麼資格胡作妄為。

回到家，她呆呆坐客廳，其實，這年餘兩年，從頭到尾是一個人，但今日，她切實知道，那一點點希望也告冥滅。

門鈴響很久葉籽也沒有動靜。

「是我裘玫，葉籽，快開門。」

葉籽只得招呼。

裘玫一看葉籽一臉瘀青腫，退後一步，然後扶住她，「李總叫我陪你。」都知道她的情況。

「你們不必同情我。」

「人人有受傷的時候，快閉嘴，我服侍你清潔，任何女人不理妝，立刻成丐婦。」

「裘玫，你——」她要進一步婉拒。

「葉籽，我與麥穗訂婚了。」

呵，沒想到這世界還有好消息。

「多虧這趟任務作了媒人，把我倆拉在一起，不過我始終心驚肉跳。我會是個好妻子嗎，這不是一樁容易差使。那麥氏會否愛我一世，也是問題。萬一懷孕，吃得消嗎。」

她放一缸溫水，加一把除晦氣的柚子葉讓葉籽泡着。

葉籽呆呆聽裘玫在一邊説家事。

「我幫你刷背。」

「不，不。」

「葉籽，沒想到你如此好身材：巨胸，細腰。」

裘玫這態度正確，千萬不要陪當事人痛哭，百上加斤，傷口灑鹽。

不一會，麥穗也來了，他負責做羅宋湯。

低聲問裘玫，「怎樣？」

「沒有再可憐的女子了。」

大家嘆口氣，繼續說家常話。

麥穗愛喝啤酒，斟半杯給裘玫。

裘玫替葉籽梳頭。

葉籽總算輕聲問：「可有一夜白頭？」

「一條也找不到。」

一對年輕男女毫不忌諱在她面前親親熱熱。

葉籽在他們照顧下躺下。

李總親來探訪，中年人無話可說。

「你放心，葉籽會復元。」

「自從那人入獄，她已撐足一年，好不容易復職……那人真與她有仇。」

「為什麼自殺？」

「也許，因為知道出獄也沒有生機，免得連累親友。」

「我看不止如此簡單，可有遺書？」

「密室只得他一人，監視電視看到他用被單……進去搶救，已還魂無術，他並無留下片言隻字。」

「他還有多久便可出來。」

「不到一年。」

大家沉默喝啤酒。

麥穗說：「我已把這裏的窗閘都鎖實。」

葉籽沒睡穩，她走出說話：「李總，允我辭職。」

「你放大假吧，」同樣一句話，「健康的人沒有工作是不行的。」

裘玫問：「你那邊調查成怎樣？」

葉籽要想一會才說：「我得到一份文件。」

「可否讓我們看一看。」

葉籽神情恍惚，「一時不知放到何處。」

「是否收錄電腦裏，有關何事。」

「我——」想不起來，「我碰壞腦子。」用手揉頭。

大家黯然。

這與碰撞毫無關係，她心神不定有其他原因。

待葉籽休息之後，他們還在客廳喝酒說話，打開冰箱，拿佐酒料理，當宿舍一樣，累了，不能酒駕，只得打地鋪，兩個男人睡地上，裘玫可以睡沙發。

李總本想讓老妻接他，後來一想，省得麻煩。

麥穗說：「大學之後，很少群睡。」

就這樣，到天亮。

是家務助理進門吵醒他們。

睜眼一看，客廳似打過仗般髒亂。

裘玫連忙取出鈔票塞到工人手，「對不起。」

他們忽忽離去。

工人正在收拾，又有客人上門。

是長相漂亮的一男一女，「我們是葉小姐同事。」

這間小公寓還是第一次有這許多客人上門，工人斟茶倒水。

女客說：「我自己做咖啡。」那正是一號。

客廳昨晚有三個人夜宿，人是動物，有強烈體臭，一號皺眉頭，打開窗戶，不料看到一線海景，天色灰暗，正下毛毛雨。樓上種的紫紅棘杜鵑炮仗一般懸掛窗外。

與她同來的金普儀輕輕走入房間，寢室也有一股氣味，卻不討厭，那是年輕女子的汗息。

葉籽躺床上，聽到腳步聲，撐起一點，幽暗中心生黯魅。

是璧君接她。

她伸出顫抖雙手，輕輕撫摸他柔軟頭髮與嘴唇，感覺似真的一樣，實質溫暖，她終於落淚，喃喃說：帶我一起走。

他握住她手，按在胸前。

這時，另外有人咳嗽一聲，捧着咖啡進房，放下杯子，推開窗戶。

葉籽睜大眼睛，看清楚了，是金普儀與一號。

一號低聲說：「要哭就哭出聲來，只有好。」

她先把咖啡遞給老闆。

葉籽並無向金氏道歉，她垂頭不語。

「我替你帶藥來，醫生說非得準時服用，還有，下周傷口可以拆線，老躺着不好，我陪你出去走走，讓工人做清潔。」

一號原本就是大管家。

她扶起葉籽，找長外套，打開衣櫃，發覺只得黑白灰幾件上班服，不禁說：「我這才知有不被塞爆的女子衣櫃。」

他們三人外出。

下雨，空氣異常清新，看到餐車，一號說：「我不管我肚餓」，她也覺得像大學時期邊吃邊趕試場。

一看才知道是賣小碗炸醬麵。

她捧着碗吃起來，只見金普儀陪葉籽坐在不遠之處長櫈上。

一號用電話聯絡公司。

二號問：「你怎麼遲到，樓下有事請示金先生。」

「我這就回來。」

「大昌祝先生要提款改投地產，據他估計，一個月獲利可勝金氏一年。」

「他會後悔。」

「或許會，但他要在週三前取得本金。」

一號滿嘴辣醬味，先嚼香口劑，再前去與老闆説話。

金普儀説：「你先回去。」

一號在他耳邊再説幾句。

這時葉籽抬起頭，「感激你們探訪，我也有事要辦。」她握住一號的手一會。

一號説：「你去何處，司機送你。」

葉籽本想説：璧君那裏，但她是成年人，只答：「義新大廈，我找律師。」

金普儀坐她身邊，她低聲説：「對不起冒昧，剛才，認錯了人。」

「不要介意。」

葉籽忽然微笑，一次，醉酒，吐了璧君一身，他也説「不要介意」，眉頭都沒皺。

金普儀暗暗留意，葉籽臉上淒婉之意，叫他惻然。

一號送她進律師辦公室。

「司機轉頭接你。」

「真的不用，我已辭職。」

「胡說，金先生可沒批准。」

殷律師看到她並不意外，「我知你一定會來。」

她坐下，「我想見他一面。」

「完全沒必要，留一個好印象。」

殷蹲下看她，「我替你敷瘀青。」

「請不要服侍我。」

「你已經瘦許多，打算活下去的話，速速振作。」

葉籽萎靡地說：「我們的意願與命運一直背道而馳。」

「譯作中文，你指人生不如意事十常八九，是的，照說，我也應該有體貼的丈夫與聽話的孩子，為何孑然一人。」

葉籽不出聲。

「呵還有，他入獄前已經立有遺囑，所有身外物留給葉籽一人，他有一套價值連城古錢幣，著名拍賣行已派人試探商議。」

「請讓我參與。」

「這不是他的意願，你請回吧。」

葉籽頹然走出大廈。

二號迎上，「由我替更陪你渡難關。」

葉籽苦笑。

「我們去山頂吃冰淇淋。」

車子駛到山上，霧重，如履仙境。

二號說：「十年不敢吃雙球，今回要香蕉船。」變成葉籽陪她。

「有個安琪，你還記得嗎，她找你三次。」

安琪……可是，金先生女友美人兒安琪。

「她要鬧事？」

「跟金先生結束關係之後，不知多客氣，口口聲聲拜託，叫我們與葉籽小姐聯絡，她要的東西，她找到了，約好時間給你送去。」

「我要什麼東西？」

「你閒時想一想就知道。」

葉籽說：「有一顆千花玻璃紙鎮，我想取回。」

「沒問題，送去府上。」

「還有其他事否，我想回家。」

「一號的意思是，給你找個特護。」

「你們再煩我，我會報警。」

「葉籽，努力將來，結一次婚，天天吵架，雞犬不寧，然後離婚，保證你不會寂寞。」

「非常感謝你的意見。」

二號仔細打量她，「葉籽，我知你元神未滅，你會好轉。」

回到家，地方都收拾過，家務助理雙手可靠。

廚房有碗粥，她喝一口。

托着頭，想半晌，安琪小姐找她……

想起來了，安琪有一份文件要給她。

電話響起，「我是居安，還記得嗎。」

「聽說你出了點事，我想探訪，要吃什麼，說。」

葉籽答：「龍肉。」

「聽口氣，知道在康復中，我給你帶清蒸龍蝦。」

廿分鐘後，居安到了。

雙方都嚇一跳，差點不認得。

兩人都瘦得憔悴，衣帶一寬，反而添增氣質。

像看到老同學一樣，居安淚盈於睫。

葉籽拍拍他肩膀，「別這樣，很快找到工作。」

「我與堂兄一起創業，開辦一間製作公司。」

「製作公司？」

「我在南加州讀電影及電腦美術技術，我知你人脈廣，希望你介紹作業。」

葉籽發怔。

「可是，我不認識人。」

居安提醒他，「你同安琪小姐熟稔。」

「陌陌生生怎麼開口。」

「要什麼條件，說。」

「我儘管試一試。」

「凡事起頭難，倘若可以接到安琪小姐的廣告製作，開了頭，以後就方便。」

「南加州讀電影的人才，怎麼進金式。」

「此一時也彼一時也，一個人，總得養活他自己。」

「説得很好。」

「聽説你也離開金式。」

葉籽點頭。

「又聽説你與金先生走得近。」

「我們從未曾單獨相處。」

「可見謠言厲害，聽説金太太打到你流血。」

「更加離譜，我不想解釋。」

「你在金式查到什麼，説。」

「明人眼前不打暗語，什麼也沒得到。」

「我雖不是臥底身份，也好奇金式作業，但也不知原委，他們保密特強，滴水不漏。」

「你可有投資，近日股市及地產瘋狂。」

「兩者升幅都叫金式失色可是，市民心都紅了，再也不願安份守己，連家母手中都握着三個小單位，賬面已賺十多萬。」

「你要知道，本市遇過不少經濟泡沫。」

「人總得有瓦遮頭可是。」

「你呢，你住什麼地方？」

「我也持有一層公寓，萬一結婚，有個地方。」

居安算是好男人。

「說你冒犯女同事，可有此事。」

居安不加思索答：「我唯一想冒犯的女同事，只是葉籽小姐。」

葉籽不出聲，好話人人愛聽。

「葉籽，所有不幸，多年之後，也不過如夢幻如泡影，請放開懷抱。」

葉籽吁出一口氣，「那些你就不用管了。」

「我等你消息。」

有事要做，不能再頹靡下去。

葉籽找到安琪的秘書。

「葉小姐，我們也正找你，我把你要的文件即時送去可好。」

「還有一件事找安琪小姐。」

「安琪到上海剪綵，我讓她盡快回話。」

葉籽這才發覺，那麼多人關懷她重視她，這是難得福份。

她靜下來。

不到一會，文件送到。

她打開一看，是安琪那份金式公司投資記錄。

葉籽緩緩思憶。

這樣的文件，居安也給過她一份，投資者姓名已經塗黑，款項比安琪這一份大十倍。

她找居安那一份，噫，收到什麼地方？

衣櫥、書架、床底，都找過，記性如此差，以後怎麼做人。

她與裘玫聯絡。說出煩惱之處，「新一份到手，舊一份還是找不到。」

「我先來拿安琪那份查閱。對了，當初你刻意要兩份文件，是否想對比什麼。」

葉籽茫然。

裘玫說：「對不起，不該逼你，你管你休息，這件事，由我們接手。」

裘玫親自上門，帶來糖果鮮花蛋糕水果，還有若干粥粉飯麵，擺滿一桌，像是要請客的樣子。

「你們都對我好。」

裘玫訝異，「還有誰？」

她把文件讀一次，用素描筆傳到總部電腦，並知會麥穗細細研究。

然後，她把原版文件收到胸前一隻口袋，拉上拉鏈，再套上外衣。

她輕輕抱一下葉籽，「勇敢的好伙伴，感謝你。」

想不到安琪那麼快覆電。

她傳給她看剪綵熱鬧場面，「我們要的是轟動，得到熱鬧，也頗高興。」

葉籽說出要求，「有一個朋友，如此如此，這般這般……」

安琪說：「我還以為你請我喝茶。」

葉籽不好意思。

「聽說老金看上你。」

「越傳越荒謬。」

「我在上海得悉，金太太終於要與他離婚，他此刻與一班美國人在阿聯酋融資。」

葉籽發獃，「你消息靈通。」

「知識是力量。」

「安琪小姐——」

「叫你朋友與我助手聯絡，我們手頭起碼有三個廣告，不過，他的能力要經得起考驗。」

「當然，那是他的造化。」

「葉籽，老金這個人，可避則避，回來喝茶詳談。」

「安琪小姐，謝了。」

「那小姐兩字，可以去掉了吧。」

葉籽把好消息轉告居安。

他感激莫名，「女子可擔半邊天，力量不容小覷。」

「居安，祝你生意興隆，財源滾滾。」

「如你貴言。」

葉籽繼續滿屋找，始終不見居安給的那份文件。

她知道服食精神科藥物導致思維緩慢，但也多得藥物使她心情平復。

這時，電話響起，「我是一號，葉籽，速回公司一趟。」

「我已辭職。」

「放屁，叫你來必有要事。」

「我人微力薄——」

「這不是討價還價的時候。」

平爾的聲音傳來，「四號，拜託你來勸勸金先生。」

葉籽一怔，她有什麼用。

公司車在樓下等。

她一到大門，一號已焦急等待。

一號陪她進升降機，二號與三號迎出。

全女班，不知可以做些什麼。

老闆房門一開，只見一地雜物，缸瓦全碎，好似有人打過架，可不就是金氏夫婦，兩人拉扯得衣衫淩亂，筋疲力盡各自坐開。

金裕隆氣得臉色煞白，按住胸口喘息。

葉籽一眼看到有扇窗戶打開，五十多層高樓勁風撲進。

她連忙走近用力關上，以免發生意外。

到那一刻，她還不知道可以做什麼。

平爾去扶金太太，「我們先回家慢慢商量。」

金太太一手拂開平爾。

葉籽忽然說一句很有趣的話：「辦公室有攝錄器，保安部同事一定驚嚇莫名，說不定會報警。」

沒想到這句話如此管用，金太太靜下來，緩緩站起，「走吧。」

平爾陪她離去。

一號鬆口氣，她都快哭了。

這時，金普儀輕輕說：「可有冰凍啤酒。」

二號連忙答應。

身為四號，葉籽連忙叫清潔工人。

三號俯身拾文件。

一號低聲說：「四號，你真靈光。」

「他們也累了。」

金普儀着葉籽到候客室說話。

他忽然問：「是你，會怎麼做。」

葉籽輕輕說：「金先生是指離婚吧，女方要什麼，請盡量做妥，切忌討價還價，不要批評女方。」

「你說得是。」

「我最不明白的是，你們也還不快樂，何故。」

「人心，是世上最黑暗之處。」

「為什麼還要肢體衝撞。」

「我決意退出金式，恢復本姓，她一聽就撲上。」

此言一出，四個助手全部呆住，面面相覷。

他並非要得太多導致金裕隆生氣，而是什麼都不要才真正侮辱了妻子。

大家噤若寒蟬。

「你們要離職的話，此刻也是時候了，我知會人事部安排。」

一號大膽問：「這是什麼意思，可是公司改組？其餘同事呢。」

他沒有回答：「葉籽，陪我理髮。」

葉籽剛想拒絕，一號給她一個眼色。

都已經這樣了，還怎麼抗辯。

辦公室收拾妥當，理髮師傅上來。

金氏想一想，「理個平頭吧。」

理髮師不好出聲，只得照做。

葉籽在一邊忙聽電話及收拾整理。

一號說：「祝先生不知為何親自上樓。」

金普儀輕輕說：「支票已給他準備妥當，請會計部交給他簽收。」

那祝先生已經推門進來。

看到金普儀氣定神閒正在理髮，助手各歸各辦事，一切如常，不禁放心簽收支票。

「以後再合作。」

「不送。」

那祝先生高高興興離去。

一號低聲說：「投到股市，三十分鐘可以沉沒。」

葉籽看着金氏平頭發獃。

樓下廚房做了簡單午餐送上，助手只吃小碗沙律。

金普儀居然還有心情開玩笑：「食少事多，其能久乎。」

葉籽隱隱覺得不妥，什麼事又說不上來。

他若決心離開公司，由誰接手，有何改變，外頭，可聽到風聲。

會計部有同事要求見金先生。

他閉門商議。

眾女生鬆口氣，「今天是過去了，看明天吧。」

二號說：「老式人一直惦着今生行好來生得救，我們這些金融界小腳色，只圖今日可以安然過渡，還談什麼明天。」

大家嘆氣。

這時才有時間關懷葉籽，「可以拆線了吧。」

葉籽點頭，「我一會去醫務所。」

「我請醫生上來。」

拆了線大家看過，「你要努力天天擦消疤藥膏。」

葉籽問：「離開金式，你們往何處？」

「天下無不散筵席，我想休息一年半載。」

「只怕一耽擱，日新月異，物是人非，人會像一具過時電子器材。」

「從前，還可以說結婚去。」

「多久之前，一百年？」

「嘿，家母尚未退休呢，過時過節，可以大派紅包，這才是受歡迎的長輩。」

「辛苦嗎，請問她幹哪一行？」

「她在銀行訓練櫃面人員。」

「啊，社會最重視有經驗貢獻人士。」

老闆辦公室門打開，會計部同事一聲不響離開。

金普儀的聲音仍然平靜，「勞駕，一號與四號，請到我家收拾一些東西，我搬往酒店暫住。」

葉籽這樣答：「金先生，不忙在一時，金太太情緒有點不穩，大家先透口氣。」

只有四號敢說這樣實話。

「我沒有替換衣服。」

葉籽說：「趁金太太不在家才做。」

金普儀說：「四號，你很會替人着想。」

這時律師上來把離婚文件放桌上，金普儀毫不猶疑握筆一揮。

好像都要在這一個下午辦妥。

「你們不要以為我衝動，我已思慮良久。」

「金先生不必解釋。」

「我還要訴苦呢，怪只怪我當初年少無知，貪慕虛榮。」

葉籽再愁苦也咧開嘴笑。

三號通報：「平爾報知金太太探訪老先生，快，我們去收拾衣物。」

葉籽與一號忽忽趕到金宅，平爾親自啟門，她倆跟着平爾上樓，原來金氏夫婦不同一房，各有各地盤，包括一間小型會客室。

裝修不算華麗，但在都會，衣櫃都有兩扇門，走進，有沙發有桌子，像個小單位，那就不簡單。

一號取出行李篋，把幾套西裝放進，再加一列十數件白襯衫，「四號，襪子，內衣褲。」

葉籽拉開抽屜，看到整疊全白棉內衣褲。

平爾在旁說：「喂，你們手腳快些可好。」她忠心護主，怕金太太難堪。

足足四件大行李，搬到樓下，叫司機抬上車。

一號心急慌忙，「忘記領帶。」

葉籽揚一揚手中口袋。

平爾說：「請送我往老先生處。」

車裏，平爾接金太太電話，「誰，四號？好，我與她一起報到。」

葉籽沒好氣，「我不去。」

「並非金太太，是老先生請你陪他探——探班。」

「更與我無關。」

平爾忽然生氣，「你有沒有義氣！」

一號也瞪着她。

葉籽嘆氣，「金氏夫婦哪來這許多仆心仆命忠僕。」

「撲點粉，別嚇壞老人家。」

在車廂，葉籽梳好頭化淡妝。

一號頓腳，「你怎麼穿雙鐵頭鞋。」

「這雙鞋，除暴安良，有用得很。」

「醫生給你吃什麼藥吃成這樣。」

三個女助手走進金老先生家宅，都靜下來。

老先生家居全白，只有深棕色傢具點綴，也不見得豪華，但叫人客舒服，尤其是葉籽，最怕梵爾賽宮式巴洛克金色處處。

他們坐在會客室白布面子的沙發上靜候。

沙發套子洗多了扶手處有補丁，十分樸素，天花板老高，長窗通往花園，涼風習習。

一會，金裕隆扶老先生走出。

老先生說：「我只請葉小姐，怎麼都來了。」

葉籽連忙站立。

金太太說：「葉籽，你陪老先生走一趟。」

葉籽只得應允。

老先生看着葉籽，「葉小姐納罕何以成為我人選吧。」

葉籽欠身。

「因為葉小姐是個明白人。」

車子往郊外駛去，老先生與男護士，一號與葉籽。

一號忐忑不安。

到了大鐵閘門前，一號明顯顫抖，她少帶一條披肩。

葉籽對同類處境已經麻木。

她一聲不響把內裏毛衣脫給一號，一號感激。

男護扶老先生到探訪室坐下，退出。

金歸聰這逆子緩緩走近，他像是有點高興，彷彿知道可以折磨老父，心願幾乎達到。

他一聲不響坐在他們對面，看到葉籽，有點納罕，怎麼又由這個年輕女子陪同，她是什麼身份，坐在此地是什麼緣故。

他的雙手鎖在桌底，想伸懶腰不果。

他與父親僵持，不發一言。

金老平靜開口：「你有要求嗎？」

他忽然發飆，大聲叫：「我卑微要求，每月兩千美元，好讓我與朋友有落腳之處，是不是那麼困難，不但拒絕，還諸多侮辱！」

老人受他尖逼聲線震盪，險些自椅子跌下。

葉籽又驚又怒，她扶金老坐穩，逼近金歸聰。

守護人員立刻出聲警告：「坐下，馬上坐下。」

葉籽不能控制自己，伸腳踢向金的椅腳，他抬起頭，葉籽伸手大力掌摑他的面頰，好大啪一聲，她高聲斥罵：「你是什麼毛病！」

這時女警搶進，大力扯開葉籽，把她拉出房間，男護士忙把金老抱出。

一號嚇得面青唇白，「什麼事，什麼事？」

警員臉色鐵青，叫葉籽坐好。

金老輕輕對一號說：「快找律師。」

老人先回家休息，不到一會，律師與金普儀趕到，辦理手續，把葉籽領出。

葉籽深深鞠躬，她由衷內疚，「對不起，我大大失態，不可原諒。」

金普儀輕輕說：「也許，在他五歲之際，有人也這樣給他耳光，他會學乖。」

一號不出聲，她雙手仍然顫抖，驚嚇過度，她回家休息。

「我真抱歉。」

「你為何震怒。」

「我不知道，忽然之間，怒不可遏，我還是第一次見到魔鬼，或是魔鬼爪牙，只覺得不是他吃我，就是我吃他。」

金普儀不出聲。

「對不起。」

「金氏不該把你拉扯這件事內。」

「我猜想，金歸聰還要控告懲教所保護不力，控告我傷害他身體。」

「完全正確。」

葉籽忽然哈哈大笑。

這一巴掌代價不小。

「多謝你幫我取出行李。」

「金先生，我正式辭職，以後，你們家事，我不想插手。」

「我不再姓金，我本姓甄。」

金家本想藉他開枝散葉，生下子女也姓金，可是，他似乎有負所託。

他像知道葉籽在想些什麼，「不用擔心，金裕隆可以找代母代孕未來承繼人。」

「甄先生請問你本名叫什麼？」

「我叫甄賦。」

「多好的名字。」

「謝謝你，此刻，我同你都是已辭退金式業務。」

這時葉籽說了一大串公司術語：「COO，你的P＋L與EPS叫人做妥沒有，OC和ROI又如何，客戶可覺滿意。」

金——甄賦看看她，「葉籽，很高興認識你。」

第二早，葉籽看醫生。

她說：「您給的藥叫我太興奮，行為異常，依我目前處境，我似乎不應這樣開心振作。」

「是為着你好。」

「我快成為瘋瘋癲癲十三點，請還我低落本色。」

「暫時不可以。」

葉籽生氣，拍一下桌子。

「那我替你減些份量。」

平爾找葉籽。

還沒開口，葉籽已經說：「不管是什麼，我不宜再出現，我情緒欠穩。」

「金太太不過想與你聊聊天。」

「你才是好對象，平爾。」

「我不是金家的人，我說兩句可以嗎？」

「你是親信，我聽多一句都不妥。」

「啊，明哲保身，拒人千里。」

「對不起，平爾。」

「金老先生精神欠佳，舊病復發，他一向有各種老人病，這幾天他在家中掌握公司事宜。」

「甄先生說走就走？」

「沒想到他有勇氣，離開金式，他從此沒有人開車門、打傘、開路、聯絡，哈。」

平爾好似有點幸災樂禍。

「他原本做什麼。」

「他在大學教授精算，葉籽，如果你想知道更多，可赴金太太約會。」

「對不起，有人按鈴，我得掛線。」

是家務女工，「葉小姐，我把食物收到冰箱，你怎麼碰也沒碰。」

「這些蛋糕水果，你不介意請拿去吃。」

葉籽拉開抽屜，取出蛋糕，忽然看到一隻黃色馬尼拉八吋乘六吋紙信封，這是什麼，信封怎麼會放冰箱蛋糕底下。

她取出信封打開查看。

坐在書桌前，慢慢想起。

這由她自己放進冰箱，她要找一個隱蔽之處收好這份文件。

收在那麼奇怪地方，難怪連她自己都找不到。

拆開一看，正是那份居安給她的某先生投資記錄文件。

她連忙接觸裘玫，「找到了。」

「你坐着，不要動，我馬上到。」

葉籽梳洗，額角疤痕漸漸脱落，落出粉紅鮮肉，相當難看。

她也不介意，總之，清潔整齊已經很好。

葉籽換上白襯衫與卡其褲。

裘玫與麥穗一雙孖人似到門口。

葉籽微笑，「一對璧人。」

麥穗客套，「哪裏哪裏。」

葉籽指着他倆，「這裏這裏。」

攤開文件一看，兩人一起怔住，嘖嘖稱奇，「一模一樣！」

「什麼一模一樣。」

「葉籽，你方便的話請到總部走一趟，多雙眼睛印證一下。」

裘玫先把文件傳往總部給上司，那樣，途中萬一有什麼閃失，文件不致失去。

她們三人回總部。

沒想到辭去金式那份工作，還有這一份。

到達辦公室，裘玫像是變了一個人，臉色冷酷，「葉籽請坐，喝杯咖啡好嗎。」

李總維安進來，「有何發展。」

「請看大熒幕。」

「這是安琪小姐在金式的投資記錄。」

「這是某先生的同期記錄。」

「簽名核准人是金普儀與兩名會計師。」

麥穗說：「已調查過這兩名會計師，他們根本不在金式任職，一人在新加坡置地工作已三十年最近榮休，另一人，是華爾頓大學講師，從未離開學府。」

不要說是葉籽，連李總都發怔。

「請看各項投資記錄，左右對比，每個項目都一模一樣：同月同日同時買與賣，只是份量多寡，所賺得利潤，有高低之分，這像是一條算術先有答案，然後再往上推算。」

「假賬！」

「當然是假賬，可是，一般人做假賬，是為着騙取利潤，金式這兩份假賬，卻是提供利潤，為何有這樣怪異現象。」

「還有無其他記錄。」

「可以猜想第三至三百份，都一模一樣，全屬虛假。」

「這是違法勾當。」

「與聯邦調查局接頭。」

「我們辛苦得來發展，為何要與他們共享。」

「有資料互通。」

「開頭那兩名幹探，到處打探何處有紋身院哪裏有好酒美女，還有，要價廉物美。」

「一次喝多，知道不妥，掙扎回酒店房間，支撐不住，在走廊倒地不起，服務人員報警，揭發醜態，才更換另外兩人。」

「還是靠自身的好。」

葉籽讀過美國新聞，密探醉駕，車子撞上白宮外牆，裏頭護衛以為恐襲，不知為何，她笑得彎腰。

「西方人最大弱點是工作不忘娛樂。」

「有人誤會這是優點，什麼苦幹不忘惡玩。」

「你玩過沒有？」

「我已廿多小時未曾進食，先吃午餐。」

葉籽說：「且慢，假賬上簽名人是金普儀，他負責。」

「你關心他。」

「事發後他務必要負刑責。」

「但金式沒有苦主，每個客戶都心情愉快。」

麥穗說：「我聞說最近有若干客戶撤資，嫌利息不夠，改投樓市。」

「至高層可有催促我組。」

「商業罪案一查經年，除非是印偽鈔——」

大家噤聲。

「葉籽，我有話說，你在監獄毆打人犯一事——」

「對不起。」

「你打的不是我。」

麥穗說：「人犯要求你道歉。」

「葉籽，息事寧人，皆大歡喜，否則，他要控告懲教所，並且開記者招待會，宣告他人權。」

「我要律師陪同。」

「沒問題，殷律師已自告奮勇。」

「那是一個殺人犯。」

「你身為警務人員，你應當明白，那不代表人人可以排隊上前請他吃耳光。」

「你們找我來是為着這件事吧。」

李總說：「葉籽，為着多件事，我決定接受你正式辭職。」

葉籽一怔，好，兩份工作都不見了。

「明白。」

葉籽站起，發覺諸同仁嘴臉都開始冷卻。

「葉籽，你應該好好休養，再重新出發。」

葉籽多謝他們好意。

麥穗送她出去，「葉籽，我們還是朋友。」

葉籽像一個孩子般頂撞過去：「你要我這種朋友作什麼。」

頭也不回地離去。

走到一半，才覺徬徨，過馬路，在銀行門口站住，咦，怎麼走到此處，她又不想存款，又回到對面馬路原位，這樣來回走了三次，終於叫部計程車回家。

這時她發覺沒有朋友。

殷律師是知己嗎，大抵不，安琪小姐是朋友嗎，也不是。

一個人，怎麼活到將近三十歲而沒有朋友。

那麼，居安呢。

她空虛地找他。

居安聲線愉快，「我正要約你，葉籽，多謝你，我們成功爭取到安小姐一則美膚廣告，我想與你喝香檳慶祝。」

葉籽正服精神科藥物，不適合與酒精混和。

她在電話中聽居安飛揚地說了十分鐘有關他的計劃，她終於說：「我還有事。」

「約個時間。」

「我稍後回你。」

她把居安的名字也劃掉，「士別三日，他現在是準備創業的年輕才俊。」睡不了那麼多，她往街上散步。

下雨，年輕人嘻嘻哈哈爭相避到簷篷下，也許剛做過頭髮，也許外套剛新買，不想淋濕，他們本來不認識，此刻攀談起來。

葉籽想起古老借傘的故事。

她背包裏一直帶着一把小小自辦公室門口拾到的傘，天藍色面上邊印着一朵朵白雲，憧憬晴天，她用了許久，原主人並沒討還。

她撐起傘，有人乘機躲到她傘下，一看，是個活潑的年輕男子，他笑說：

「我的車快來，請方便一下。」

葉籽點點頭。

然後，一輛車子駛近停在他面前，他歡呼道謝，跳上車子。

葉籽心想：我今次日行一善。

這時，又有人瑟縮到她傘下。

她索性把傘移過去一點給他。

這時她聞到熟悉氣息，抬頭看那人。

他顯然一早知道是她，微笑說：「你也在這裏。」他伸手指一指對面馬路。

葉籽一怔，這才看到高矗的一八三大廈，陰雨中，頂部十多層透過染色玻璃窗閃出粉紅色光芒，比什麼時候都像一支唇膏。

借他半邊傘的甄賦說：「沒想到有人同我一樣，懷念這幢大廈。」

葉籽本想說，她是無意走到此處，終於沒出聲。

「可否找個地方說話。」

往何處，天大地大，無容身之處：咖啡店，酒館，餐廳，都是快活人留連地方，圖書館不准說話，所以年輕學生都坐門口石級，還有什麼地方？車廂是戀人纏綿之處，那麼，剩下只餘彼此家居了。

甄先生此刻住酒店，實在不方便，那只得葉籽蝸居。

她沉吟一會，他們都沒有可以說話的人，她不願放棄這次機會。

「甄先生，我斗膽邀請你到舍下。」

他微笑，「我是熟客。」

他自她手中接過傘，一路自橫街拾級而上，街邊有小販賣烘番薯，要價老實，他們一人捧一隻咬下，甜美無比。

回到家，葉籽泡普洱暖胃。

甄賦脫去外套，自己覓食，拉開冰箱，看到牛肉，立刻取出灑上鹽粒用慢火煎熟，小公寓充滿肉香，忽然像個有人氣的家。

公寓淺窄，他長得高大，動作有點受肘，索性坐地上，碟子放膝蓋，就這樣吃起來，「不吃紅肉，簡直沒有力氣。」

他似乎暫時把不愉快事丟下。

他問：「晚上睡得好否？」

葉籽答：「有時也奇怪居然睡得着，可見人類生命力強韌非同小可，必要時啟動緊急保護機制：必須活下去。」

「有何打算？」

「先休息一段日子，然後，回學校讀一個博士學位，教書。」

「棄武從文。」

葉籽納罕，「你知道我以前職業。」

甄賦微笑，「當然調查過你。」

「你不忌諱。」

「我沒有秘密。」

「但金式有。」

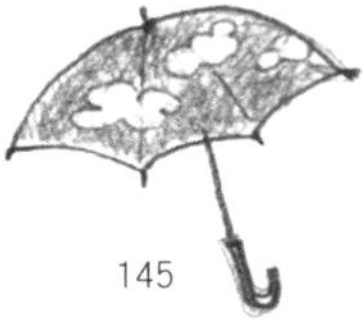

「那是金式老先生的生意。」

「但簽署文件的是你。」

「所以我同裕隆說，讓我擔當官司。」

葉籽站立，「什麼？」

「人們以為我們夫妻決裂是因為互卸責任，推諉對方，爭奪利益，可是，並非如此，我們一家三口，將爭着認罪。」

一個老人，行動不便，身子已不經用，一個中年女子，吃不得苦。葉籽問：

「甄先生你自告奮勇。」

「我沒有選擇。」

故此先離婚，再回復本姓名，給辯方律師抗辯機會，但，金式投資公司有何不妥，為什麼一副大難將臨？

「你們忘記還有一個人。」

「金歸聰可是，他不肯應承。」

「你們已同他商議過。」

「一直希望說服他。」

呵，多麼殘忍。

「他非常開心，笑不可抑，『原來金家也有用得着我之處，三十五年不夠，還要叫我加刑』。」

葉籽聽到這裏，越來越迷糊，「照你說法，金式即將倒閉。」

他吁出一口氣，「時間不早，我也該告辭。」

葉籽看着他。

「請叫我不要走。」

「你清楚知道，這不是愛。」

他輕輕說：「在金式云云女同事中，我選擇了你，選擇，即是關愛。」

葉籽不出聲。

他笑一笑，伸手開門，「你知道如何聯絡我。」

他靜靜離去。

葉籽誤會他要棄船逃生，也誤會金裕隆要入贅夫婿陪葬，她是小人，她沒洞悉機關。

金家人，都有義氣，除出金歸聰。

第二早，殷律師約見。

這是一件重要的事，她必須向一個人道歉。

越快做妥越好，那才可以把這太不愉快的事丟到腦後。

她一見金歸聰便朝他鞠躬。

「對不起，金先生，上次的確是我魯莽，太過無禮，我冒犯你，向你致歉。」

她一直站立。

連殷律師也佩服她。

葉籽懂得息事寧人，小事化無的智慧。

她臉上有着真實的懊悔，相信對方看得到，她是毫不相干的一個外人，無故牽涉。

金氏再仔細看她，過一會說：「這件事已經過去。」

殷律師輕輕吁出一口氣。

金氏問：「你是什麼人，你為何插手？」

葉籽答：「我沒有修養。」

「我不相信。」

殷律師說：「金先生，我們要告辭了。」

葉籽忽然說：「我代你父親不值。」

「你不認識我們，你不知詳情。」

葉籽沒想到他會心平氣和與她說話。

「他們不愛我。」

「你是成年人，為什麼不主動愛人，反而巴巴等人愛你。」

殷律師拉起葉籽，「此事已經了結。」

牢獄怎麼都有一股陰森之氣，殷律師不願久留。

葉籽隨她離去。

重新看到陽光，兩人都鬆口氣。

她們知道金歸聰大抵此生是不會再見天日。

殷律師問她：「你想讀何種科目。」

「農科吧，我知道北美溫埠一間大學農科擁有六十畝鳥語花香實驗農地。」

「給你一説，連我都想報名。」

「一起去，我幫你洗熨衣服。」

「葉籽，我有家小，怎麼走得開。」

葉籽從未聽過殷律師説家事，這才知她有家庭負擔，她未婚，也無子女，那必是父母與弟妹。

這些其實不是她的責任，殷律師那麼做，一定為着照顧親人的成就愉快感覺。

葉籽說：「能者多勞。」

「葉籽，各界都知悉最近投資市場有極大變化，市民翻箱倒篋找現金投向瘋狂上漲股市與樓市，無視風險，辦定期存款的銀行如金式或面臨困難。」

葉籽不好說話。

「幸虧金式之類只做大戶生意。」

葉籽仍不出聲。

「我明白，你什麼都不知道。」

葉籽苦笑，她真的尚未掌握實情。

無事一身輕，她與居安喝茶。

「聽說金式開始內亂。」

「你尚有耳目。」

「若干客戶撤資，卻未能即時收回資金，只怕形同擠提。」

「不能向別的銀行求助？」

「據我所知，金式一向獨門獨戶，作風神秘。」

「歷年來它的投資又放何處，可否抽調。」

「我不清楚。」

「一間歷史悠久，享譽多年的銀行，不會一下子出亂子吧。」

「金式交投多數在美國進行，故聯邦調查局特別注意它在美舉止，我知道金普儀此刻在紐約與妻子辦離婚，贍養費高至數十億，金錢去向，是調動資產的方法之一。」

「居安，你的製作公司進行如何。」

「安琪小姐是全身而退的客戶之一。」

葉籽微笑，居安這人無藥可救，是個財奴。

「安琪真是個美人。」

「你別想太多，好好做事。」

「她有個姿勢，就是輕輕靠向人，好像全神貫注聽你說話，真迷人。」

「是否這樣。」

葉籽也把上身靠向這小子，微微笑，揚揚眉毛。

「哎呀。」

「我也會呀，所有女性都有這一套，看什麼時候施展而已。」

這時，鄰座有茶客的孩子爭吵。

六七歲小女孩說：「哥哥不肯把糖還我。」

那略大一點的男孩說：「還你還你。」

「糖呢。」

他打開媽媽的皮包，掏出兩顆糖果，一粒還給妹妹，「這不是嗎？」另一粒放進嘴巴。

那年輕母親笑說：「喂，那可是我收着的糖，你們別吃那麼多。」

葉籽發怔。

這樣的事，什麼地方見過。

好比乾坤大挪移：妹妹的糖已經吃掉，妹妹要討還，哥哥拿媽媽的糖給妹妹，不忘自己也有。

葉耔忍不住問那小男孩：「妹妹為什麼把糖給你？」

小男孩見是漂亮的姐姐提問，不由得笑嘻嘻答：「因為她貪心，想我一顆變兩顆還她。」

「結果她的那顆糖呢。」

「哈哈哈，我吃掉了。」

葉耔還想問，人家父母已帶子女離去，並且丟下一句：「不要與陌生人講話。」

他們離去之後，居安納罕，「葉耔，你喜歡孩子。」

「孩子很狡猾，看是哪一個。」

「葉耔，有空我們多見面。」

「居安，新一批富二代小姐們已經成長，你去鑽營一下，許有收穫。」

他微笑，「向金普儀學習可是。」

「總之別浪費寶貴時光，一下子從小生變阿叔，又無資產，徒呼荷荷，別以為只有女子才會人老珠黃。」

「勢利的葉小姐。」

她拍拍他肩膀。

把居安名字再整齊劃去一次。

那天晚上，她做夢了。

看到王璧君背光身形，十分明亮，她不大睜得開眼睛。

「璧君，找我有事？」

「你都快把我忘記。」

「是嗎，璧君，你真認為如此。」

「越快忘記越好。」

「不是想做就做得到。」

「找個人，結一次婚，吵吵鬧鬧，一下子半輩子。」

這話不知先前誰說過，葉籽只覺好笑。

「我知你半夜還是起身落淚。」

「此刻你什麼都看到了。」

「我特來恭喜你攻破疑團。」

「我不明白。」

「你終於看到破綻，可向上級匯報。」

「你指什麼？」

王璧君微微笑，光芒漸漸褪失。

葉籽驚醒，低着頭沉吟半晌，致電李總維安，「我想說話，請讓裘玫與麥穗列席。」

李總這樣說：「已經沒你的事了。」

葉籽也不耐煩，「你要不要聽隨你，此案我跟足大半年，比誰都知道多些。」

李總停一停，「半小時。」

葉籽連忙梳洗更衣，到達總部，頭髮還濕。

他們已在等她。

麥穗問：「你發現什麼？」

真不愧是紀律人員，一大早，距離上班時間還有一兩小時，已經穿戴整齊站在上司面前。

葉籽說：「麥穗，給我一塊錢。」

「為什麼？」

「一分鐘後，還你兩塊。」

麥穗微笑，取出一元放桌上，「你變魔術。」

葉籽又說：「裘玫，給我四元，稍後還你八元。」

裘玫笑着掏出四元。

葉籽把其中兩元給麥穗，剩下兩元放自己口袋。

「李總，八元變十六元。」

裘玫先張大嘴，「我的天。」

都明白了。

各人臉色都變，原來是如此簡單戲法。

李總說：「快把那兩個聯邦探員叫來。」

裘玫立刻用電話。

麥穗低呼：「一直以為是假賬、假記錄，怎知整間銀行都是假面門，嗚呼，這是天底下最原始古老簡單的龐氏騙術，根本沒有任何人做過任何投資，他不過把別人的鈔票移來挪去，付出利息算數，剩餘自己花光光。」

開頭怎麼沒想到，那叫龐氏的光棍在十八世紀第一次進行訛騙。

聯邦探員趕到，聽到龐氏兩字，已經恍然大悟。

「整座唇膏大廈是佈景！」

一人立刻到視像通話室知會上級。

另一人指着地圖，「真大膽子，我們知道去年金式得到俄國黑手黨巨額資金——億，把東歐的錢搬到亞洲，再移去北美，套南美小國政府的贓款，越做越大，全是空殼，金式資金從頭到尾未曾流到市面，金家中飽私囊。」

「怎會有人信他！」

「因為貴國儲備局給他AAA信任狀，前局長溫伯格與金普儀似親兄弟，每周年慶祝酒會冠蓋雲集，全球名人充當臨記。」

「故此引起疑竇。」

「金式手法落後了，你看今日炒起股票大鱷——」

這時，那去匯報上司的探員回轉，「葉小姐，我上級希望與你說幾句。」

李總想一想，「去吧。」

葉籽答：「已經沒我的事了。」

李總瞪大雙眼。

裘玫把她拉到視像通話室。

大熒幕上現出一個英俊金髮藍眼穿軍裝中年男子，他說：「我是布朗，聯邦商業調查局副署長，你是葉小姐吧。」

「有何指教。」

「葉小姐，聞說你已辭去雍市警方職務，我代表本組歡迎你隨時加入美聯邦調查局，我方十分需要你這般人才。」

葉籽怔住，就為這個。

那布朗露出雪白牙齒，微笑，「隨時與我聯絡，組長職位等待你。」

「多謝你邀請。」

「保重。」視像中斷。

裘玫說：「嘩。」

葉籽垂頭。

李總吩咐下去：「請法官簽搜查令。」

葉籽輕輕離開總部。

這時，員工才陸續上班。

葉籽在街上用公眾電話找到甄賦。

「甄先生，警方約在廿四小時之後搜查一八三大廈，請利用時間。」

甄賦認出聲音，只說：「謝謝」兩字。

葉籽走到美容院做全身按摩。

服務員說：「葉小姐你全身肌肉打結，硬得似石頭，你太緊張，當心身體。」

淋熱水浴，坐蒸氣間，在泳池游半小時，才做按摩，兩個服務員逐寸逐寸皮膚按下去，肌肉才漸漸鬆弛。

「葉小姐，有空多來，享受一下嘛。」

翻轉身子，再做臉。

「葉小姐，髮腳要做顏色了。」

她吃驚，「都白了嗎。」

「男朋友一定會發覺。」

葉籽悲愴莫名，忽然落淚。

「對不起，葉小姐，可是，王先生對你那麼好，一定疼愛有加。」

王先生，服務員還記得王璧君。

「王先生看着葉小姐時眼睛會笑，真叫人羨慕。」

葉籽不出聲。

服務員這才醒悟到事態可能有變，物是人非，她痛斥自己：「掌嘴，罰我多嘴。」

再次沖身，發覺全身肌膚紅粉緋緋，她穿上衣服到櫃枱。

服務員笑說：「葉小姐，安琪小姐已替你連小費付過。」

安琪？

「我在這裏。」

安琪哈哈笑一把抱住葉籽腰身。

葉籽一陣溫暖，這世上也有若干熱情的人。

「我們吃茶去。」

「安琪，」葉籽擰她面頰，「你是可愛天使。」

她臉色忽然沉下，「葉籽，可是金式要倒閉了。」

「你的消息比我詳盡。」

「我聽朋友説金式鬧擠提，罪案組會拉人封艇，凍結所有戶口，封鎖一八三大廈，不准閒人進出。」

葉籽不出聲。

安琪大口大口吃冰淇淋，看來她與葉籽剛相反，內心不安，反而拚命吃。

「金普儀最近如何？」

葉籽搖頭。

安琪嘆口氣，「這次我幸運，走得早，我關心這個人，他對我，異常大方體貼，現在看，他是有心叫我走。」

「一定是。」

「與他在一起之際，真是快樂，一次，他邀我到倫敦，司機在飛機場接，駛到一個叫伊令的郊區，一列新建小洋房，其中一間，大門貼着彩帶：『歡迎安琪小姐』，我高興得樂飛飛，之後，再也沒有那樣開心過。他把那所小洋房送給我，還添一部勞斯萊斯銀影，車牌叫Angie，任我瞎七搭八在倫敦亂闖……」

葉籽聽着，「那多好，純美好回憶極其難得。」

「葉籽，有消息請告訴我。」

「我盡力而為。」

她與她擁抱一下告別。

回到家，葉籽力盡倒床上。

睡到一半，有人敲門，是一份速遞，打開一看，是美聯邦調查局聘書，那叫布朗的副署長堅持請她加入團隊，就差沒送上大紅玫瑰花。

她把聘書放進冰箱下格。

門鈴又響。

先看到的是一束白玫瑰，這種花，許多人會覺得俗，但真由一個英俊男子握着送上門，還確有震撼感。

握着花束的是甄賦。

她連忙把他迎進。

他有點心酸，「這上下也只有你會開門給我。」

他去開啟電視。

一看，熒幕上正是耄耋的金老先生，他穿着唐裝，整齊白髮，一臉莊重，這樣對記者說：「金式由我主持，這些年，根本沒有投資，錢已全部花光，我能償還客戶，我對不起受影響的眾多客戶，我負全責。」他深深一鞠躬。

記者群先一怔，然後集體驚嘆嘩然，都不相信這種事會在真實世界發生。

甄賦關掉電視。

「葉籽，我需要三罐冰凍啤酒，一缸熱水浴。」

「我不再是你的四號。」

「這是你的遣散費。」他把一隻信封放桌上，「已替你匯到列支登士敦國家銀行，放心收下，一、二、三號她們全有。」

「你都安排好了。」

「那麼多簽署文件落在警方手中，我也要擔關係。」

「你有律師團隊。」

他伸一個懶腰，「全部連電話都不回。」

財經報攤開，大字血紅標題：「又再狼來了，勿掉以輕心」，指的是股市。

甄賦嘆口氣，一邊喝啤酒，一邊放熱水。

「安琪問候你。」

「安琪，那是前生的事了。」

他已有好幾天沒梳洗，泡到浴缸，長吁一聲。

葉籽隔着浴室門與他說話。

他說：「我有幾箱雜物在車廂，想存放你處，不知你可答允？」

「你也見到我公寓袖珍。」

「不怕，放得下。」

「金太太如何。」

「她已往委內瑞拉。」

葉籽吃驚，「那是南美洲除出洪都拉斯第二窮國，店鋪晚上八時打烊，以防不測。」

「放心，越是貧窮的地方，富人最是享受。」

這話是真的。

「葉籽，今晚我會離開本市，我邀你與我同往。」

葉籽發怔。

他已裹着毛巾站在她面前。

「為什麼是我？」

「因為你明白。」

他指她從前有犯罪男友，瞭解同類處境。

「我一點也不明白。」

「可有男裝衣褲，否則，要把髒衣服洗淨烘乾替換。」

葉籽自櫃內取出一套運動衫褲。

甄賦換上，「噫，尺寸相同。」

葉籽不出聲，連五官都有許多類似：濃眉、炯炯大眼，鷹鼻。

還有，處變不驚，異常鎮定。

「你打算往何處？」

「南太平洋有許多不知名島嶼。」

「陽光、碧海、美女，卻不是我那杯茶。」

「我去把雜物搬上。」

「我幫你。」

一共四隻大紙箱。放進書房，門都差不多關不上。

還有一張四乘五呎油畫，一看就知道仿畢加索作品藍色寫真小立體派混合創作，「窗前風景」，掛書房最適合不過。

「箱子裏又是什麼。」

只要不是毒品，無所謂。

他打開其中一隻箱子，「牛頓的天文望遠鏡。」取出放桌上。

葉籽覺得好笑，「是他用來觀望哈雷彗星那隻嗎？」

「也許是。」

其他箱子，放着不少銀相架，都是金式家人與全球名人合照，葉籽逐一觀賞：歐洲各國貴族，總理、首相、著名文娛界晶光閃閃明星，葉籽下意識覺得全由電腦合成，用來擺噱頭，唬客戶。

她隨口說：「女皇呢，就差沒她。」

「這裏。」

葉籽接過相架，看到金太太在園遊會與女皇談笑甚歡，一旁站着孫子妃凱特。

葉籽觀賞良久。

她忽然輕輕說：「這些，都是真跡吧。」真的全是假的，假的全是真的，可怕。

「悲哀，曾經一度，金家是赫赫殷商，捐贈遍全球，若干大學，都有金式圖書館。」

第三隻紙箱，是自畫架上拆卸的小幅畫作，總數三四十張，多數是印象派名家，價值連城。

最後一隻箱子，是得自各國的勳章，造型精美，金光閃閃，都放在特製盒子裏，霎眼看，像阿里巴巴寶藏，「擱這裏不怕失去？」

他取出一隻錦囊，打開，裏邊是條白色紗巾，「啊，新娘頭紗。」

「希臘王妃所贈，本來打算留給女兒，現在，送給你。」

婚紗上精美銀線繡成各色花卉，美不勝收，哪裏是普通人用的東西。

「葉籽，最後召集：跟我走。」

王璧君也曾經這樣要求。

但是，下半生提心吊膽，隱姓埋名那樣過日子，何等樣痛苦，不論日夜，有人敲門，都會以為末日已至。

她伸手撫摸甄賦的臉。

他說：「你是那種仍然尋找真愛的女子。」

「要愛上你並不困難。」

「你不稀罕那種需要努力的愛。」

「祝願我此生可以遇到。」

「四號，我想不，類此憧憬會耽誤你的幸福。」

葉籽低頭不語。

「我要走了。」

「祝你幸運。」

「我需要祝福。」

她送他到樓下，一輛中型房車把他載走。

葉籽站在樓下良久，風涼，雙手繞緊胸前。

第二天早報大字標題：「金式訛騙案主要人物之一金普儀失蹤，國際刑警發紅色緝捕令。」

裘玫來電：「葉籽，你可知他去了何處？」

「一無所知。」

「最後一次見他是什麼時候？」

「裘玫，我這條線索已斷，不必追問。喂，你不是在籌備婚禮嗎，我家祖傳一件頭紗，你可當something borrowed好兆頭用。」

「啊！」

成功移轉她的目標，一個女子就是一個女子。

他們約好時間到麥氏新居見面。

一對未婚夫婦站門口迎接。

他倆升級了，十二分感激葉籽。

葉微笑走進小公寓，見已佈置得七七八八。

哈比人寓所似一個小客廳，兩間小房間，但已經不容易，兩人經濟實惠，用房屋津貼供樓款。

葉籽出示頭紗，裘玫展開細看，驚喜得說不出話，試罩頭上，只覺華彩一如公主，她愛不釋手，「我一定小心處理，用完立即還你。」

「不用客氣。」

麥穗在一邊嘖嘖稱奇，「這不似民間之物。」

話題終於回到金式案。

「美要求引渡金老往華盛頓受審。」
「美人一貫如此專橫。」
「這次難怪他們動怒，涉及美籍人士數目眾多，交易又在美銀行進行，牽連甚眾。」
麥穗說：「這件案子可予信『種銀子樹』的市民一個警惕。」
裘玫與葉籽都笑出聲，「愚民照樣前仆後繼，而且生命力頑強，勇於認錯，堅決不改。」
「請參加我們婚禮。」
「我將遠行，往北美找學校入學。」
「何必親自出馬，在互聯網上聯絡即可，叫李總幫你寫推薦書一定馬到成功。」
「可是我要讀的是農科，或是世界歷史。」
他們都笑。

葉籽說句「百年好合」才告辭。

接着一段日子，也許是葉籽前半生最清閒一段時間，完全沒有目的，睡了又睡，不看日曆，也不理鐘點，賴床、厭食，連梳洗都要提起勇氣，害怕肌肉萎縮，強逼自己在天剛亮到附近石級跑上跑下。

一個報販同她一般早起，會得揚聲叫一聲「小姐，早晨」，這年輕人每朝起勁工作，買了豆漿燒餅油條當早餐，天氣頗涼，他還只穿着破汗衫，一臉朝氣。

一日跑着，左腿肌肉忽然抽搐，只得坐下，忽然有人一聲不響把一瓶藥油放她身邊，原來是那個報販。

她卻之不恭，打開瓶子把藥酒敷上腿，十分有效，而且異香。

報販把大疊報紙放機車上，噗噗駛遠。

第二早，葉籽換個地方跑步。

她害怕與人接觸，發生感情，一定遲早會失望，不如提早避開。

一日清晨，天氣冷冽，她正沿公園小路緩跑，忽然發覺有人尾隨，她立刻警惕，急步轉彎，縮入樹叢，那人追上，葉籽一腳朝他足脛踢去，那人大叫：「我沒帶錢，電話你可以拿去。」

葉籽沒好氣，把哇哇叫的他拉起身。

到處不安全，葉籽只得在公寓樓梯上上下下跑，空氣有欠流通，也無可奈何。

她看電訊記錄：安琪找得最厲害，她將往夏威夷拍攝愛情喜劇，歡迎葉籽探訪，飛機票食宿全免；裘玫仍懇求她參觀婚禮，另外有喜訊：「已三十三歲，此時懷孕已不算早」。葉籽吃驚，那麼小的公寓，嬰兒不知放何處。

居安也問候她：「葉籽，我相中一個女孩，但比我小八歲，請給忠告。」

一號也找過葉籽，「我現在於華誠銀行工作，薪水福利一般，比什麼時候都想結婚，得不到你回覆也在意料之中，我猜想你已與金先生私奔，你們在何處，可是在北極圈一個小島溫存。」

一號頗有想像力。

葉籽本想與她聯絡，轉頭沉吟，好容易與這些人斷開，又接頭，還是不必了。

終於，她往大學各興趣班旁聽，尋找目標。

她坐最近最後最不吸引目光之處，她不是典型花枝招展、搔首弄姿典型美女，無人注意，可全力聽課。

大學有這個好處：講師不比小學中學老師，總覺得學生要教要導要領，非得把一個模子壓到學生身上。

一定要讀大學，才知什麼叫真正學習。

不少博士生這樣說：要讀到博士，才可明白自由追求學問之道。

這一課原本是人文學，不知怎地，學生激辯希臘神話悲劇主人翁愛迪卑斯所作所為，一小時很快過去。

葉籽數一數，只得一小組五個學生，大學真是奢侈。

有人追上，「葉小姐，決定讀哪一科沒有？」

一看，是年輕講師。

葉籽輕聲回答：「不知道，也許太空物理。」

「你看上去有點徬徨。」

是嗎，如此明顯。

「好似企圖在各學府尋找或是等待一個人。」

葉籽忽然說：「不，我明確知道，他是不會回來的了。」

年輕人微笑，「不怕，同學們為未來找工作的困難發愁，比你更難過。」

葉籽微笑，「真是，研究希臘神話悲劇人物的命運，或是宇宙是否一直擴張，甚至怎樣與海豚說話……這些科目，畢業後如何在真實世界找到合適職業。」

「可是學習之際是多麼奇趣。」

葉籽笑，「這也許是社會學一個題目：大學的快樂虛茫世界。」

那年輕人依依不捨與她道別。

葉籽心頭那塊大石大抵永遠不會離開，不過暫時從胃底轉移左肺葉旁，搬來搬去，免得把某處壓死，閒聊散心就有這個好處。

走到門口，有人叫她，「四號，我等你整天。」是一號。

葉籽不禁握住她手，她怎麼來了。

「你不接電話，我只好找上門，有要事，請不要介意我唐突。」

「你不是以為我去到北極圈。」

「誤會，金老先生的律師告訴我，你並未搬家。」

葉籽苦笑，「離婚，搬家，往北極，讀書，都需要大量金錢，否則做不到。」

「借地方說幾句話。」

葉籽帶她進公寓。

一號忽然問：「四號，你記得我的名字？」

「一號，你叫韋惠。」

「對，對，你一直好記性。」

一號並不是憔悴，不過沒像以前那樣作最尖銳妝扮，便失卻若干顏色。

她也端詳葉籽，「你仍然像大學生。」

「這是褒是貶。」

兩人喝過咖啡。

「一看就知道屋裏沒男子。」

葉籽提醒：「你不是有要事。」

「金老先生聯絡到我，不，不是他本人，是律師，叫我做一件事，付我豐潤酬勞。」

「何事。」

「你聽我說：控方求刑八十二年，試想想，那是叫金老死在獄中。」

葉籽說：「別忘記他詐騙多少人，害得客戶家散人亡，都拜一個王子因此與王妃離婚。」

「四號，你我雖屬無知婦孺，也知道規模如此宏偉佔據整個世界的騙術，不可能由一人策劃，這是層壓式計謀，金老未必在金字塔最尖頂。」

「你也不必為金老不值。」

「他被押上囚車時白髮蕭蕭——」

「我看到新聞。」

「葉籽，請你陪我回一八三大廈頂層取回一件東西。」

「回一八三？不不不，該處已經被警方封鎖。」

「解封了。」

「為什麼叫我陪？」

「只有你知道它在何處。」

「什麼東西那麼神秘。」

「去到自然告訴你。」

「幾組密探全層逐寸搜遍，還有什麼剩下？」

「你去到再說，幫一次忙，四號。」

葉籽感慨萬千。

「四號，事成後我可獲六位數字獎金。」

「明白。」

一號忽然看到那具古董望遠鏡，「這是什麼？」

「別碰，這是牛頓用過的天文鏡。」

她哈哈大笑。

人們，都願意相信虛假的事物，真人真事，反而惹人恥笑。

重賞之下，必有勇夫。

至於葉籽，她吃過一號的燕窩粥，也得回報。

只見一八三大廈正進行維修工程。

「大廈易主，改裝酒店式住宅。」

升降機仍然運作，一號與四號都靜默。

舊門匙還管用，打開大門，走進去，只見一地廢紙，一袋袋切碎文件堆得人那麼高，一隻灰色巨鼠不料有人類出現，竄到黑暗角落。

蛛絲，都結在樑上，破落頹敗得如此迅速。

總掣已關，開不亮燈，辦公室似鬼域。

一號嘆氣，「一下子，怎麼變這樣了。」

昔日，多少人上樓來求財，人氣鼎盛華貴。

走進老闆房間，灰塵滿滿，葉籽問：「找什麼？」

「一把鎖匙。」

葉籽吸氣，太好笑了，千餘平方呎，什麼地方找一柄鎖匙，有也早為警方搜走。

「律師說，在最明顯之處，四號最清楚不過。」

葉籽把座枱電話逐架查看，電話底面早為人拆開檢視。

她細細再三巡視。

一號站窗前看風景，靜靜等候。

葉籽忽然想起她做四號時的專責，她的記憶回轉，頭腦清晰，她暗暗歡喜。

那盆花，每天由她自總務部傳上。

最後一天擺在高几上是一盤茉莉，連泥帶花已被翻轉搜查，但是，鎖匙面積小，也許有人疏忽。

她用一把尺把那堆泥土細細撥開尋找，沒有。

把花盆底面細查，發覺側邊有凸起物件，剝下，是一塊花土營養劑。

放花盆的高几設計精緻，有一格小小抽屜，匙孔上正插着一枚鎖匙。

天天見到它，習以為常，並且，它與小抽屜配對，難道還有別的用途。

葉籽旋轉鎖匙，輕輕啪一聲，鎖彈上，警方人員想必也做過同樣動作。

她輕輕拔出鎖匙，握手中，取出小電筒檢視，匙柄刻着一八三。

這時一號也走近，她驚嘆：「果然找到。」

「現在又如何。」

一號用電話找負責人，「是，是，明白，我盡量說服她幫忙，地庫，知道。」

葉籽說：「可以走了。」

「葉籽，我們到地庫。」

「還有下集？你別開玩笑。」

「拿這枚鎖匙，到地庫開啟一隻工具箱。」

「你有完沒完？」

「送佛送到西。」

「真沒想到一號你如此奸詐。」

一號拉着她的手往升降機走去。

地庫更加陰森，毫無透光，一號開亮強光電筒，只見工具箱都倒翻在地，裏邊大小修理工具零件撒滿一地，抄過家的情況就如此。

這時葉籽似乎有點靈感，她逐隻工具箱查看號碼，鐵箱沉重，手指頭被尖角磨破。

一號說：「這裏，一八三號。」

她奮力拎起箱子，但箱蓋已被撬開，裏邊全是大小插頭。

一號失望，葉籽把先前得到那枚鎖匙插進匙孔，正配合，轉動，盒蓋彈起，另有一層，她們看到的也是各種插頭。

一號說：「奇怪。」

葉籽取起其中一枚，放在手掌裏看一回，「一號，這一枚不一樣，它是電腦匙，裏邊藏着萬千訊息。」

一號打一個冷顫，「快離開這裏。」

她們鎖上地庫門，忽忽走回地面。

兩女一頭一腦是灰塵，夜叉一樣，離開一八三。

一號把車子飛快駛離現場。

葉籽回頭看，只見大廈粉紅色頂部玻璃已被大幅膠篷遮住，預備拆卸。

一號把車子駛入一間快餐店停車場，有人迎上，「葉小姐，久仰大名。」

葉籽揚起一條眉毛，表示廢話少說。

那男子微笑，「當然，當然。」

他出示電話上影像，正是金裕隆，「葉小姐，謝謝你，請把東西交給歐陽律師。」

「金老先生呢。」

金裕隆嘆氣，「他不准保釋。」

這時她取起一頁當地暢銷報紙，顯示日期正是今日，並非事前錄影，叫葉籽安心。

「再次感激你雪中送炭。」

「請女士保重。」

她把電腦鎖匙交出。

律師鬆口氣，立刻轉身離去。

一號這時說：「四號，我們可會遭殺身之禍。」

葉籽微笑，「誰叫你貪財。」

「我已停止節食，我們去吃牛肉麵。」

「一號，我們在這裏分手吧。」

「謝謝你，葉籽。」

「一號，再次見到你很高興。」

都會善忘，個把月已消化金式崩埼一事，提起，只淡淡說：誰叫投資者太貪。

不知怎地，金老忽然解回雍市服刑，調到獨立房間，最低監禁尺度。

美方轉移視線，大規模檢查各國著名銀行，看來是獲得可靠線索，開始追究嚴懲行動。

葉籽仍然沒有搬家，又未找到新工作，也對升學猶疑。

但也沒閒着，她收拾家居，把一切與王璧君有關物件，全裝進箱子，送到慈善機構，真也是時候了，她不想家居成為王氏紀念館。

慈善機關說：「不要書籍，不要擺件，衣物請洗淨，紐扣要齊全。」

送走一個男子的身外物，屋裏又存放另一個男子的大箱子。

葉籽苦笑。

下午，忽然有人敲門。

她根本不想開門，只當自己已經外出。

但門外的人卻發言，她的聲音清晰可聞：「葉小姐，我是金裕隆，我特地前來探訪道謝，我知你不喜見客，但是我不怕冒昧，你不會叫一個穿三吋高鞋的中年女子在門口一直罰站吧，天，我竟自稱中年，太可怕。」

葉籽訝異，她回來了。

是什麼叫她對本市念念不忘。

不過，委內瑞拉的確不適合她居住。

她輕輕開門。

金太太憔悴得多，但精神還算不錯，看到葉籽，十分高興，雙手握住，鼻子發紅。

葉籽連忙斟茶。

「公寓這麼小，住得慣嗎。」

「自家狗窩最好。」

「葉籽，這次多虧你，金家得到合理抗辯協議，金老先生或可在八年後申請假釋，我可以回到本家探訪他，但金普儀仍受通緝。」

「他身在何處？」

「我以為只有你知道。」

「金太太，我與金先生並無不正常關係。」

「我到今日才相信這是事實，但他心愛的望遠鏡，仍在你處。」

「還有畢加索名畫。金太太你可願取回？」

她凝視葉籽，「兩心愛慕，又比肌膚接觸更加難得。」

葉籽這時取出一張照片，「金太太，這是我前度未婚夫。」

金裕隆不由得伸手接過照片，「好漂亮男子。」

照片中王璧君幾乎全身浸在泳池，只露出碩健雙肩雙臂與前胸，頭髮濡濕，濃眉大眼，雙眼炯炯，看着前方，豐潤嘴唇微微張開，鬍髭影子已經長出。

「那日，我拍攝五百多張照片，獨挑這一張。」

「我們都聽說——」

「而且他非常聰明能幹，並且愛我，至為體貼。」

金太太沉默。

她輕輕喝完那杯茶，這樣說：「這也好算茶葉。」

葉籽不禁笑，「是名牌子立頓呵。」

「我替你送些龍井過來，招呼客人，顏色先着先機。」

金太太漸漸恢復本色。

葉籽代她高興。

「葉籽，我替你搬個家可好。」

「太招搖不妥，惹人注目。」

「你說得正確，這樣如何：仍是這個地址，把隔壁單位打通，添多一扇門，地方大些。」

葉籽駭笑，「隔壁一直住着一對老先生夫婦——」

「啊，你不知道他們已經把單位出讓，別推辭，葉小姐。」

葉籽輕輕問：「金太太覺得我還欠什麼？」

她苦笑，「我們都欠一個衷心愛我們的人。」

葉籽被她說到心坎裏去，百感交集。

「除此之外，我知你不講究衣着式樣，以氣質取勝，不過如果有這套首飾會更加矜貴一些，你說可是。」

她從手袋取出一隻錦囊，解開，是一串珍珠，圓大晶瑩，假的一樣，替葉籽戴上。

「雖是金家之物，我從未用過，請勿推來推去，懇請收下。」

葉籽笑出聲。

金太太說：「在你眼中，我是個俗人吧。」

「我從來沒那樣說過，我想也不敢想。」

「葉小姐，你可願做我助手。」

這已是她第二次如此邀請。

「平爾呢。」

「乖巧的她嫁到英國德芬郡去了，我辭退她不想她擔關係。」

他們都為手下着想。

這一家，此刻父子都在羈留中。

「有事，別遲疑，找我。」她放下名片。

「明白。」

金太太又緊握葉籽雙手。

打開門，她的新助手陪她離去，葉籽一直送到樓下看她上車。

她把玩珍珠，忽然頓悟，甄賦那些珍藏，並非存放，而是禮物。

葉籽吃驚，她已成為富女而不自知。

晚上，她輕輕把牛頓的天文鏡移近窗口，看出去，正好照到最最明亮的金星，自古到今，人類最崇拜也最易見的明星。

葉籽不知他的行蹤。

明星，安琪知道嗎，他們一早分手，但照金家做事方式，人去人情在，他們是江湖人，講究義氣，對他們好與不好的人，均不放過。

安琪在什麼地方出外景？一行工作人員三四十個，若說是燈光師或是攝影師，大可以大搖大擺過海關，他是如此離開本市，抑或，高性能遊艇在公海等他，接載往某南亞海島。

她看着王璧君的照片，久久不能入睡。

第二早跑步回來，渾身汗，正拿毛巾擦額頭，有人輕輕說：「葉小姐你早。」

葉籽一怔，她看到穿深色西服男子，金髮藍眼，高大碩健，精神奕奕，充滿朝氣，像是尚未被萬惡社會污染的清爽相，看了叫人高興。

面熟，她見過這個人，但誰？

「我叫布朗。」

「呵布朗先生，別來無恙。」

她只在熒幕上見過他，真人比影像還要漂亮。

她攤攤手，「我以為該案早已結束。」

他笑笑說：「我說什麼都無法忘記聰明漂亮的臥底與此案。」

這已不算語帶雙關，這是坦誠表白。

葉籽像一般女子，覺得感動。

「你還未考慮我方的聘書。」

「我已退休。」

「你是一個出色幹探，膽大心細，可為社會作出甚大貢獻。」

「這貓與鼠，黑與白遊戲，叫人惶恐。」

「髒污也總得有人承擔，葉籽，可以到府上喝杯咖啡否？」

葉籽這樣答：「通常我也會邀請單身男客上門，但是，布朗先生，你彷彿稍微太英俊了一些。」

聽到如此讚美言語，布朗忽然臉紅。

「我叫哥丁。」

葉籽說：「相傳哥丁打一個複雜的繩結，放在市集，說：『能解此結者是真英雄』，眾人爭相解結，均不成功。一日，阿歷山大大帝路過，看到繩結，不假思索，揮劍斬下，繩結散開。」

「葉籽，加入我組，當雍市分組組長。」

「我並非美籍。」

「立刻幫你辦手續。」

她端詳他，「你就此一個目的？」

當然不止，身經百戰，運籌帷幄的他忽然嚅嚅，長睫輕輕搧兩下，「我對你傾慕，我想約會你。」

葉籽意外，「啊。」

一時不知說什麼才好。

最不防範，最最鬆懈之際，忽然出現仰慕者，生命多奇遇。

她睜圓雙眼，一副不置信無辜模樣，更叫布朗歡喜。

他不夠勇氣告訴牠，那日在熒屏認識她之後，他一個人呆坐視像室半小時，久久作不得聲：人家的幹探如此精明能幹，他的手下？派往雍市已有半年，白天穿着筆挺西服進進出出，晚間到酒吧尋找美女，有一名甚至快要訂婚，正在打探攜未婚妻回國需什麼手續。

那年輕女子皎潔臉容一直沒有離開他心胸。

他把她打探得一清二楚，對她過去瞭如指掌，愛憐之意油然而生。

他已經三十餘歲，當然知道發生了什麼事，她已離職，他再不現身，她恐怕會走到地球不知名之處靜修。

他找上門。

看到她晶瑩素臉，心頭放下重負：盡了力了。

葉籽凝視他，他穿着緊身黑色棉紗衫，美好身段畢露，舊式粗布褲——這種年紀再穿磨洞褲就不好看了，他不是不會打扮，但不叫人看出，呵王璧君也是那樣。

她輕輕說：「你是外國人。」

這時布朗看到王氏那張照片，「這是你前任未婚夫吧，他好像也有一半葡萄牙血統。」

「他諳流利國粵語。」

「我也會說普通話，否則不派我到雍市。」

葉籽微笑，「我也有與洋男結婚的女友，真佩服她們勇氣，文化背景完全不同，怎樣一起生活，不過，她們所生混血嬰，可愛如洋娃娃，但是上學之後問題接踵而至：說外語，還是華語。」

「你不是也諳兩文三語。」

他伸出他的大手。

葉籽不由得讓他握手。

她感慨，太久沒有異性向她示愛，她竟飢渴。

「有關人士都知道，你曾認識一個會印鈔票的男子。」

葉籽頓悟，「那件案子，也由你經手偵察。」

「證據顯示有多箱印製精美，完全可以亂真的百元面值美鈔，不知所蹤。」

葉籽嘆氣，「這才是你在我家出現原因。」

「我不過想說，你不必為此藏匿。」

葉籽說：「你仍然是外國人。」

「你是嫌美國人不解溫柔吧。」

葉籽咧嘴，「你與你們那三層厚漢堡。」

「不可一概而論啊。」

她喜歡有他作伴。

「你喜歡往何處散心，我陪你。」

「雍市到處擠滿人。」

「數小時航程，可抵一個叫濟州的優美之處。」

「人們會以為我終於加入聯邦調查局。」

「與我一起，從新開始。」

後四個字最吸引。

都傳說葉籽擁有所羅門王那樣寶藏，還如何開始。

安琪比她幸運，路人皆知，她與甄賦一早分手。

王璧君也曾作出如此建議，葉籽不願意。

她把相片收起。

打趣布朗：「你打算一直在這裏坐下去。」

「我想煮一頓豬排飯與你共享，然後，看一套有關聯邦密探電影，休息片刻再……」

「你今日放假，在雍市沒有朋友？」

「你可找得到金普儀。」

葉籽搖頭，「你這個人，到底為公為私。」

「凡是對你有特別好感的男子，都是我敵人。」

「要做飯就做吧，你要的作料，冰箱裏都有。」

她躺沙發上，漸漸入寐。

看到王璧君自廚房探頭問：「可是要多放些葱。」

葉籽笑答：「越多越好。」

璧君額角冒着亮晶晶汗珠，繫着圍裙，這個一半外國人走近她。

葉籽伸手撫摸他的臉，「辛苦你了。」

「不算什麼。」

「為什麼離開我。」

「葉籽，醒醒。」

她依偎他溫暖胸膛，「不醒不醒。」

「葉籽，是我。」

她睜開雙眼，啊，是哥丁布朗。

她含淚説：「請躺到我身邊。」

沙發窄，他貼着她，不出聲。

鼻端一股烤豬排香。

「不怕烤焦？」

「烤箱會發出叮一聲。」

「那麼，就這樣陪着我。」

珍瓏

布朗輕輕吻她額角鬢腳，已經十分克己，他低沉聲線特別感性，「作為洋人，我已滿足。」

烤箱這時叮的一聲，驚破他好夢。

第二天，布朗前往見李維安。

李總意外，「你還在本市。」

「我有要求，有關一個叫王璧君的偽鈔專家，我希望得到他若干資料。」

李總幾乎已忘記此人，定一定神才想起，「但，」他在電腦找到資料，「此人已入土為安。」

「我想看他在獄時期探訪時間錄影。」

李總沉默，「你是為着葉籽，消息説你想羅致她。」

布朗苦笑，「她把我的聘書丟到冰箱裏。」

李總哈哈笑，「為冷待作出新註解。」

「能方便我否。」

「布朗，案子已經結束。」

「偽鈔不時出現。」

「那不是我的煩惱。」

「因印製的是美鈔，我不得不跟進。」

「可憐的葉籽，因此你與她接近？不值得為工作傷害你喜歡的人，況且，她守口如瓶，絕不會透露風聲。」

「你信任葉籽。」

「像我信任所有手下員工一樣，疑人勿用。」

「你准她辭職，可是因為心中存疑。」

「我們都喜歡葉小姐，她精神已經飽受摧殘，應當休養一段時間。」

「我堅持你予我方便。」

「布朗，我聽說你快升任副總司令。」

布朗攤開手。

「明日同樣時間，我給你所需，但資料不可離開本署，你只可以看一次。」

李總慷慨，讓他先看探訪金歸聰錄影。

布朗看到葉籽舉起鐵頭鞋踢金某的影像，忍不住笑出聲。

他又看到葉籽鞠躬道歉，她能屈能伸。

然後，王璧君片段出現。

每次探訪都頗短，怎麼說呢，蕩氣迴腸，如果有適當配樂，就是文藝悲劇片，葉籽淒婉神情，勉強笑容，令人惻然，王君的精魂已離他而去，一個人，如知道生命已無前途，便是這個樣子。

布朗留神，金睛火眼那樣凝視，忽然看到王氏伸出手，葉籽立刻按住——「請再讓我看一次」，「上頭指令——」，「請盡量放大，用高清鏡頭再讓我看雙手相疊，謝謝。」

放映員只得再播一次：王璧君伸出手，手背朝上，手背上寫着字！

「停格，再放大。」

放到最大，也還看不清楚，因為葉籽手心已經蓋上，監察的制服人員那時發警告：「不准肢體接觸。」

他倆肯定已交換消息。

布朗只看得到書寫是英語字母，四組，中等長度，每組約四五個字母。

「請把影像副本交一份給我。」

後邊有聲音說：「君子一言，布朗，說好不設副本，只看一次。」

「重要線索，我不可放過。」

「那是你的事。」

「我與你上頭講。」

李維安惱怒，「我就是本機關上頭，再上去是總督，你與他說好了。」

布朗頹然。

「而且，你若傷害到葉籽，我們不會放過你。」

「『我們』。」

另外有兩個人踏前一步，一看，是麥穗與裘玟。

布朗噤聲，是他理虧。

還有另外一次探訪，王璧君也伸出手，但這次，手背無字，沒有訊息。

就這麼多。

最後見面，兩人隔得很開，王璧君心意已決，雙眼烏珠褪色，變成灰白，嘴角尚含笑，像是嘲弄生命的浪費。

布朗不忘道謝，悄悄離去。

這時，放映員把王氏的手背放至最大，約莫可見那四組字是「佛州愛司冷藏肉類。」

裘玟即問：「這是什麼意思。」

麥穗說：「我以為會是『我愛你』。」

李總低聲說：「記住，此案已經告終，此刻，你們快調查證券交易所可疑交易。」

這時，葉籽在家看電視娛樂新聞。

記者把鏡頭轉至大特寫，經過精緻化妝，安琪的臉容色若春曉，巧笑倩兮。

「安琪，你最近一直往峇里拍攝，是否對該處有特別好感。」

「是嗎。」

「全年一共去過三次。」

「我也常去東歐，我同廣告公司說，世界寬廣……」安琪越來越會說話。

她一年內去過三次峇里。

熱帶風光再富原始美，芭蕉椰林再夠情調，安琪小姐也不會移玉步三次之多。

她是去見一個人。

三次算是低調。

沒想到是安琪小姐約葉籽見面。

這時，葉籽隔壁單位已經裝修妥當打通，那扇門很奇特，是一隻衣櫃，櫥門打開，通向鄰居單位，全白牆壁，簡單傢具。

葉籽第一件事是把畢加索油畫靠在白色牆上，也不掛起，更加自然。

書桌就放在畫旁，傢具不成對，也不同型，十分隨意，原先的地方，仍然放小床。

「屋寬不如心寬」一說不可盡信，住所寬大，對心境有頗大幫助。

正在伸懶腰，安琪小姐到訪。

響亮「嘩」一聲，讚不絕口，「我也要這樣子兩個單位打通，出售時可以封門，咦，什麼地方找到六張完全不同的椅子，老木頭拼成地板真有味道，洗衣房的水晶燈太漂亮……」

「請坐，有事找我？」

「見到你就高興，叫人振作。」

「我連工作也沒有了，十分疲懶。」

「隨時過來做我助手，我欠人用。」

「我不是好助手。」

「那麼做小生意，我支持你。」

「做什麼，私家偵探？」

「我想好了，禮品店，名叫『她的歡心』，吸引大小男生。」

葉籽只得微笑。

安琪取出手機拍攝。

「安琪小姐，為何拍照，你討厭攝記，為何今日也有意無意效仿。」

安琪尷尬，「他知道瞞不過你，叫我直話直說，是他想看你近照。」

「你知道他在何處。」

「不難猜到，他想念你到我酸溜溜。」

「風聲可緊。」

「唉，警方忙其他國際大事還來不及，你沒看今日新聞？」

開啟電視，突發新聞這樣報告：「德航一架七七七客機由雍市直飛三藩市，被發現該航機乘客全體在內陸飛機出口登陸，並未經護照、行李驗查，該批乘客一共二百三十人……」

葉籽怔住，這種事，她還是第一次聽到。

那意思是，該批乘客，身份完全沒經核實，大模斯樣，帶着不知內容的行李，已經進入美境。

人是什麼人，行李是何種行李，一無所知，看樣子雍市警方與國際刑警有得好煩。

葉籽驚駭，「這真是張良計！」

安琪問：「你猜，行李中有什麼，我想是巨大數額的美鈔。」

「安琪小姐，世上有許多東西比同等面積的鈔票值錢。」

「珠寶。」

「寶石不易脱手，只值原價十分一。」

安琪忽然明白，「唉呀。」

這是有史以來最大走私案件，恐怕整架飛機的乘客都有嫌疑，包括飛機師在內，如此明目張膽，以這樣簡易手法實施，相形之下，其他案子，大可一笑置之。

安琪與葉籽對望，哈哈大笑。

「這叫什麼，道高一尺，魔高一丈。」

「葉籽，我是否魔鬼門徒。」

「你是安琪小姐。」

這時安琪助手進來，把大量精美禮盒放角落。

安琪說：「我正換季，替你置了一些衣物。」

助手說：「安琪，剪綵時間到了。」

「再見，葉籽。」

安琪帶着葉籽寶貴近照回去交差。

她銀鈴般嘻笑聲感染力量不淺，離去後公寓特別淒清。

葉籽烚兩隻蛋裹腹，一邊聽鄰居孩子童音背詩：「你的素心拒絕記憶，我那些人人非議的缺點……」

葉籽忽然怔住，淒哀得說不出話，這是王璧君對她複述過的拜倫詩句，她乏力跌坐地上。

有人叫她，「葉籽葉籽。」

不知隔多久她才抬起頭，茫然問自己：我在何處？定一定神，才知是新居，連忙走回另一邊應門。

打開門，一個人也沒有，空蕩蕩。

不久，對戶門打開，一隻醜醜小狗先出來，嗅嗅葉籽的腳，隨即是小男孩，雙眼小小，也不算好看，可是肥得一節節臂與腿特別有趣。

接着是漂亮得出奇的年輕媽媽，向葉籽點頭，「我們姓王。」

葉籽招呼，他們乘升降機離去。

這才是煙火人間，小孩嗚嗚，小狗汪汪。

家務助理上班，「葉小姐，別站門口。」把她拉進。

看到衣物，一件件掛起，讚不絕口。

葉籽說：「我出去走。」

女傭遞上紅棗粥，她喝一口，忽然又不想出門，自冰箱取出聯邦調查局那份合約，細細讀起。

葉籽用功時全神貫注，身邊有任何雜音都吵不到她。

讀畢全文，抬起頭，驀然看到一個人坐在她面前，嚇一跳。

「布朗先生，你如何進門？」

「女傭臨走時開門給我。」

「啊，我一點警戒之心也無，如何當幹探。」

「這是你自己的家，你覺得安全。」

「你怎麼來了？」

「記得否，我要追求你。」

葉籽忍不住哈哈笑。

「能叫你笑，總還及格。」

「你為那架飛機頭痛吧。」

「這班人也真厲害，已在通緝中，猜想部份用假護照，已經過關，徒呼荷荷，沒想到最縝密的海關，可以用最簡易方法通過。」

「貴國還有一宗比該案更驚人荒謬案件。」

「那是什麼？」

「你記性不好，約兩年之前，中情局局長四星上將佩氏，跑到白宮總統奧巴馬跟前：『總統先生，我捅了蜂巢』，總統問是何事，他說明之後，總統立刻說：『你即時辭職』。」

「那件幾乎叫全民抬不起頭之事。」

「不可思議，他不但洩露最機密文件給記者女友，且另一名女友妒火焚燒，把事件知會聯邦調查局，偵查之下，四星上將在一年之內竟發萬多件短訊給該名女士！」

「你不必複述了。」

「合起總共是一本書，CNN女記者當眾嘩然，她說：『我讓我丈夫多撥一通電話都做不到』。」

布朗無言。

葉籽也不好意思再羞辱他。

布朗問：「決定加入我們組織沒有？」

「那等於自火坑跳到油鍋。」

「你甘於如此平淡生活？」

「來，陪我到海旁走走。」

他自口袋取出一隻小蘋果模樣裝置，放在桌上，「這是偷聽器偵察機，如有異樣，它會唱歌。」

「唱什麼？」

「偉大的星條旗。」

一直到海旁，葉籽還在笑。

風勁水寒，海遠處有白頭浪，將大海淘成灰色，與風和日麗之時全相反。

葉籽挽着布朗手彎，他把一頂絨線帽套在她亂髮上，拉她近一點暖着她，側頭看她臉，越看越不想移轉目光。

上主在創製華裔女子時肯定特別用心：細密皮膚，光潔滑溜黑髮，臉、手、腳，全身都小一號，可是比例完美，弱質纖纖，好讓男性憐愛保護珍惜。

尤其是葉籽，頭腦精密，身手敏捷，不露鋒芒。

他輕輕說：「好像零下40°F」

「布朗，你可有殺過人？」

布朗過一會才答：「我兩度在阿富汗參軍，你說呢。」

葉籽伸雙臂把他抱緊緊。

兩人站風中不動搖，但終於冬雨急急拍打下來，落臉上疼痛。

葉籽說：「很多時候我都覺得人類非地球原住民，故此老覺得大自然威逼，生活苦楚。」

他們走到簷下避雨，仍不捨得離去，好像天下雖大，只得這一小角安寧。

那是一間角落士多，東主見他們久久瑟縮不走，好心送兩杯熱可可，布朗連忙付賬，多買兩隻甜圈餅。

葉籽吃得半臉糖碎，布朗看得心動，想伸舌舔糖，可是不知該自何處下手，又不熟華女容忍程度——所知她們不如洋女隨和。

葉籽一直以為他經驗老到，看家本領，招數純熟，沒想到他會躊躇。

終於，他用食指拂去葉籽臉上糖碎，放入自己嘴裏。四星上將可以失禮，不是他。

「要回去嗎？」

「不捨得。」

兩個寂寞的人，你退我進，我退你進，好不容易提起勇氣走到這個地步，只怕一回家，一切又打回從頭。

「你仍是外國人。」

「但你會明白我的工作、性格與背景。」

都說她是明白人，她苦笑。

「我的生活，容不下一般女子。」

「你太褒獎我。」

他忽然動氣，用嘴封住她嘴唇，不讓她再說話。

葉籽愕然，隨覺輕軟溫柔，是一種享受，多久未曾親吻，微微麻痹，她本能回應。

小店東主看着年輕戀人搖頭，祝他們年年歲歲，都似今日。

最後布朗說：「我喝太多了。」

他並無飲酒。

葉籽答：「我也是。」

兩人冒風雨朝公寓方向走去。

到門口，他撥開她的濕髮，「可要請我進屋喝咖啡。」

「你已準備好。」

「我是成年男子，我知我要什麼。」

進公寓，兩人除下濕衣，葉籽用毛巾裹頭，布朗舉起雙臂剝下毛衣，露出深深腋窩，葉籽急忙進廚房做咖啡，拿出杯子招待，看到咖啡在杯中盪漾濺出，她第一個感覺是地震！放下杯子，才發覺顫動的是她雙手。

不，是整個人。

她用雙臂抱着胸前，可是止不住，終於，連嘴唇也簌簌抖起。

布朗探頭，「怎麼了。」

看到如此情景，連忙抱住，輕輕說：「不要怕不要怕。」

不知恁地，葉籽忽然拔直喉嚨，像三歲小孩丟了好吃果子般，傷心氣忿大哭，淚如雨下，一下子整張臉濕掉，哭得太厲害抽搐，把剛才的甜圈餅全嘔吐出來，又酸又臭，她變成污水溝。

布朗急急把她扶到浴室，用溫水沖洗。

葉籽還是哭個不停。

最後，布朗替她穿上毛巾浴衣，放到床上，蓋好毛毯，他自己則躺在她身邊。

葉籽把臉藏到他腋下。

「不要怕，不要勉強。」

葉籽這樣回答：「我只是羞愧傷心，自身無情，短短時間，已經打算與別的男子親近。」

「活着的人總得生活。」

「這是我們給自己的藉口。」

「噓，噓，先睡一覺。」

葉籽耳畔聽到鄰居少年在露台嘻嘻哈哈聲音，不，不，這是她與王璧君玩紙牌遊戲，誰輸誰要脫衣，璧君那日有備而來。穿了十件背心內衣，脫來脫去脫不光，眾友人笑得打跌……葉籽牌技最佳，只除下一隻襪子。

睡夠了，她發覺布朗還未醒轉，她輕輕撫摸他臉容，鬍髭沒有想像中扎手，漸漸他已不像外國人，他是一個可以交換感情的人。

她緩緩揉他胸膛，他已經醒了，不聲不響閉着雙眼享受，終於，到了限界，他握住她手，「我們還有時間。」

王璧君也曾如此說，他帶她遊山玩水，兩人旅遊，從來分兩間宿舍，「我鼻鼾如雷響」，他說。

曾經一度，葉籽以為自身吸引力不夠。

布朗梳洗，順帶收拾浴室，他先從軍，又參加紀律部隊，十分自律整齊。

隨即又做早餐，葉籽一看，竟是複雜的番茄煎牛肝洋蔥，她吃個不停。

布朗按住她手，不讓她再吃，忽然，他管制她猶如管一個幼兒，這是前所未有之事，從前，要是女伴想喝死算數，他會任由她盡興，至多把她摃回家。

他詫異自己是這樣愛惜這個外國女子。

休息一會，他圖文並茂講解他那部門的架構，這是布朗畢生功力所聚，盡顯他英明氣度。

葉籽問：「這是誰？」指着圖片。

「這是罪犯心理組組長浩治。」

「長得像明星。」

布朗酸溜溜，「他中年喪妻，心如槁灰，你別想。」

「嘿，你看出我想他。」

「你們女人——」他不悅。

惹得葉籽抿嘴。

無論多投契敬愛的女朋友，都不能代替男伴正面能量。

「怎樣，有無好印象。」

「貴署人才濟濟，車載斗量。」

「葉籽，請問，王璧君手背上寫的是什麼字樣，他向你傳遞的是何種訊息。」

「他已不在人世，不受任何國家法律管制。」

「他所藏美元偽鈔，數量驚人，一經散播，可搗亂經濟。」

「不關我事。」

她拉開大門，「布朗，你請回吧。」

布朗嘆氣，「你與我，都放不下王璧君。」

葉籽答：「你說得真確。」

他離去，剛好遇着女傭進門。

她吃驚：「外國人！」

葉籽不去理睬。

她隨即自言自語：「外國人也好，又不是不諳外語。」

葉籽關房內想很久，她在紙上畫一隻粗淺手背，上面寫上「佛州愛司冷藏肉類」傳給布朗。

布朗接訊，只用謝字代替。

王璧君把這個消息告訴葉籽，不是叫她保守秘密，而是讓她自保：必要時可用此資料與警方交換條件，這是護身符。

這下子布朗有事可做了。

夜深，他要求葉籽與他一起赴美國鄺特司總部一起調查。

葉籽婉拒。

「葉籽，非你不可，你對騙案有破案靈感，一起，散心也好，辦公也好。」

「我不是你的人。」

「怎麼不是，在我與王君之間，你已作出選擇。」

「我想想。」

「不，現在就說是與不。」

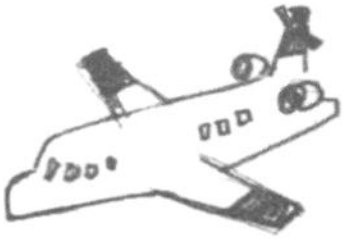

「這是求婚嗎？」

「我們可在美國註冊。」

「我比你富有，美國規矩，離婚贍養費至巨。」

布朗氣結。

第二早，安琪找葉籽，「你聽過一個叫聖莫連諾的小國？」

「少年遊意大利曾經路過，有趣可愛超小國，路全在山上，許多精品店，極貴，但我還是買了一條時道丹寧布裙。」

「我去那小國拍攝健康飲品廣告，葉籽，一起。」

「你去的地方越來越旮旯。」

「誰叫觀眾趣味奇特，喂，如果不捨得男友，可叫他一起，我請客。」

「你怎知我有男友？」

「唉，女子就是女子，語氣都聽得出來。」

有這種事！

「安琪小姐，如你般冰雪聰明，可是負累。」

她哈哈大笑，「我們乘本田最新私人飛機往歐洲，時速483哩。」

她着人傳時間地點給她。

安琪把最舒適座位讓給葉籽。

一貫照例帶着助手、攝影、髮型、化妝，以及保鏢。

小型飛機擠滿滿。

那小組人員給葉籽安全感，她側頭入寐。

他們也沒閒着，不住向安琪出示各種圖樣，研究場地服裝化妝等事。

助手給葉籽捧上蜜水。

終於大家都累了，靜下，只聽到引擎隆隆。

專車來接他們往酒店。

經過公路轉入山區，正是葉籽記憶中模樣，堡壘、茶座、小店統統依舊在，藍天白雲，山頂積雪，風景似愛徒生童話國家。

同行工作人員讚嘆：「真漂亮」，「可接受移民」，「移來幹什麼，在茶座做侍應？」「不知可有中文報」，「只三天保管你想念雲吞麵」……

車子駛經一所教堂，小小哥德建築，「明早十時，在此拍攝，不得遲到。」

安琪說：「停車，我與葉籽進去看看。」

推開高大木門，只覺幽暗肅穆，教堂雖然不大，但尖頂長窗，遍佈七彩染色玻璃，美奐美輪，葉籽抬頭凝視：真可以自此直達天庭嗎。

這時，神職人員輕輕走出，助手與他說了幾句，他顯然知道他們會得前來，帶他們到一個小小角落，那裏有一個講壇。

葉籽受到感動，走到長櫈坐下，握着雙手，想做禱告，但不知從何處說起，難過得鼻酸，身邊一個老人低聲說：「會唸主禱文否，背誦一遍即可，跟着我說：主是我的牧者，我必不致渴求……」

葉籽感激莫名。

助手過來輕輕說：「我們回酒店。」

葉籽握老人的手一下才離去。

各人在酒店餐廳用了茶點又出去準備。

葉籽獨自散步到山頂看風景，見少男少女旁若無人般接吻，她把頭埋在他臂彎，是，他們有一日也會老去，但有此刻，已經足夠。

葉籽想像自己已經七十歲，小小孫女兒好奇問：「阿嫲初戀是什麼樣的人」，她可能答：「一個叫王璧君難忘的人」。

她深深吸口氣。

助手撐着雨傘，「葉小姐，你在這裏，陰雨呢，當心着涼，你是明早重要角色，快回去休息。」

葉籽意外，「我也有份演出？」

可見沒有免費午餐。

他們很早吃晚餐，再度往教堂佈置現場。

葉籽一早入睡。

隱約聽見安琪找她，「葉籽，醒醒可以嗎，巴黎送衣裳過來，試一試，要改還來得及。」

助手說：「隨她去，一定好久沒睡這樣熟。」

兩女笑着關上她房門。

真會鬧。

她這一覺睡到天蒙亮。

助手進來，「葉小姐，替你做了咖啡，必須起床了，安琪已準備妥當，往教堂去啦。」

另外化妝與梳頭一左一右把她拉起身，叫她喝咖啡，助手在飲料中添那種五小時生龍活虎提神劑。

「喂喂喂，我演什麼角色。」

「你是女儐相。」

「什麼。」

服裝已自大紙箱取出，一襲淡藍寬身塔芙綢衣，自作主張，剝掉葉籽身上運動衫，還要吃豆腐：「嘩，身段這樣好，巨胸」，叫她照鏡子，「多漂亮，安琪無選錯人」，急急幫她梳頭化妝。

既來之則安之，葉籽只得聽她們調派。

連鞋子手套都準備妥當，統統合穿。

助手陪她下樓。

「我還沒漱口。」

「我聞不到口氣，到教堂再說。」

到達教堂，才看到門口掛着淡藍色花鐘，啊，真的婚禮一樣。

有人替葉籽鬢腳別上花朵。

葉籽這時才問：「誰是新娘？」

「安琪呀。」

當然，不是安琪還有誰。

話還沒說完，安琪已經穿着美麗大蓬裙禮服走出迎接，「啊，親愛的葉耔終於出現。」

盛妝的她艷光照人，叫途人駐足打量。

她拉着葉耔進教堂，只見四處是花，清香撲鼻，場面逼真。

有人在她身後這樣說：「葉耔，感激你賞面。」

葉耔回頭，呆住，甄賦，是甄賦，他穿着黑色禮服，瘦了一點，精神上佳。

葉耔怔住，他襟上插花，分明新郎打扮。

她睜大雙眼。

這時安琪說：「葉耔，這是我與金先生結婚之日。」她仍叫他金先生。

甄賦笑說：「葉耔還沒登上飛機已經猜到。」

「她還問我做聰明人累不累，哈哈哈。」

助手上前說：「婚禮開始了。」

風琴聲中一對新人走到牧師面前。

葉籽跟在身後，吸進一口氣，呵一山還有一山高，被哄到這裏做儐相。

既來之則安之，莫壞了主人家興致。

他倆終於正式結婚。

儀式美麗端莊，一對新人看上去十分相配，最主要是兩人毫不緊張，滿臉笑容，真正由心底快活。

葉籽上前，「恭喜恭喜。」

安琪這樣說：「有你在才是正經，你撮合我們婚姻。」

「為什麼選他？」

安琪回答爽快，「怎麼都忘不了他呀。」

驟聽似孩子話，事實就是那麼簡單。

他倆邀請全體工作人員吃一頓豐富自助晚餐，禮品簡單有趣，是特製一瓶小小像樣板那樣香檳以及一塊一寸丁方銀色蛋糕，給他們帶回家，還有「請保守秘密」。

秘密不是用來保守，他們也都明白。

葉籽輕輕問：「消息傳出怎麼處理？」

「只說是拍戲。」

「他們如不相信呢。」

「我不是要他們相信。」

「她一定不放過怎樣應付。」

「那我大不了退休，試想想，我們這些靠皮相吃飯的男女，能幹多久，我已有打算，我只剩一套戲要拍攝，完工後已無合約，到時才與金先生匯合。」

都以為美人沒有腦細胞，錯，是美女平時不必動用腦袋。

「你呢，葉籽，猜想你目前的男友一定不是普通人。」

葉籽苦笑，不是罪犯，就是幹探，法律的南北極。

甄賦走近，「葉籽你好。」

「正在說你呢，下一站到何處歇腳。」

「整個世界不過是我們的歇腳處。」

安琪哈哈笑，「幸虧總有隱蔽之處。」

「記者會找上門否？」

「你說呢，不過是一日的新聞，會不會有人窮追不捨，抑或，懂得取易不取難。」

他對人情世故有徹底瞭解。

「最不捨得葉籽。」

葉籽答：「真是我的榮幸。」

「葉籽此來，一定有要求吧。」

「既然見了面，我也不妨直說。」

「一定做到。」

安琪識相，「我收拾行李，你們慢慢談。」

葉籽緩緩說：「我的未婚夫，留給我一筆現金。」

「呵，是懂得印鈔票那一位。」

葉籽點頭。

「這筆款子，是否由他印製。」

「由美國政府鑄幣廠發行百元面額。」

「收藏何處，可是要我替你起出。」

「什麼都瞞不過你的法眼。」

「葉籽，無論是什麼數目，你不需要那筆款項，不如任由它睡在該處。」

「那不是一個山洞，終究會被人發現。」

「我一定照你意思做，告訴我，它在何處。」

「佛州愛司凍肉公司倉庫，請於廿四小時內起出。」

「有人與我競賽？」

「聯邦調查組局。」

甄賦微笑，「知彼知己，他們，此刻才開始查地圖，我起碼有三十小時。」

「拜託。」

「不管數目，你得撥出百分之三十賞金。」

「一言為定。」

「葉籽，大家都小覷了你，可否問一下，款項用來做什麼。」

「目前，尚無目的，只是不想奉獻給一個霸道國家。」

「你等我的消息。」

筵席散去。

像降落傘隊在半空玩結網遊戲：一起自飛機艙躍下，手拉手，組成網形圖案，煞是奇觀，但轉瞬間放下散開，各歸各降落地面。

葉籽並沒回雍市。

她在夏威夷大島落腳，約布朗在一間小壽司店見面。

布朗一見她便緊緊抱住不放。

葉籽氣促，故意咳嗽幾下。

他倆一個喝啤酒，另一人喝清酒。

布朗吻葉籽手背，「葉籽小姐，請問你可願意嫁我為妻。」

葉籽微笑問：「案子進展如何？」

「正如你所料，撲個空，什麼也沒找到。」

「如我所料？」

「佛州愛司凍肉庫大如足球場，存滿一模一樣大紙箱，數一數，共萬多箱，逐箱用紅外線透視，一無所獲，法庭本不願發出搜查令，這次勞民傷財，更加動氣，叫調查局自負結果，現時，愛司凍肉已入稟控告調查局擾民，要求賠償。」

「愛司為何囤積數百噸豬肉。」

「他們受中方所託，據說華人如果吃不到豬肉，會得不安，故此糧食部一定要有所準備。」

「呵，藏在佛州，多麼奇怪。」

「美巨量石油儲藏在何處也無人得知。」

「小小一個地球——哈哈哈，」她忽然想起，「布朗，一無所獲，你為何那麼開心。」

「因為局方已決定暫時擱置此案。」

只有千年做賊的，沒有千年防賊的。

葉籽又哈哈大笑。

「我只有三天假期，要好好珍惜。」

如此坐在竹棚內喝酒賞緩緩捲上岸的海潮就是享受，浪花中有樂而忘返的弄潮兒，踏在滑板上奔馳。

「他們老了怎麼辦。」

布朗看一看，「別替伊們擔憂，你自身先要樂再說。」

「可會窮途潦倒，四出借貸，貧病交逼，海浪不會付他們養老金。」

「這是你的憂慮？告訴我，假設你得到一大筆現金，你會做什麼。」

「那要看款項有多大。」

「巨額。」

「我倒也想過。」

「願聞其詳。」

「有一個戰爭禍首，惡貫滿盈，怙惡不悛的國家，二次大戰戰敗迄今，不知悔改，選出一群專門拜鬼的領導人，恬不知恥，毫不悔改，四出挑釁，勾朋結黨，試圖重複罪行，令人髮指。」

布朗意外，「你想怎樣，丟下一顆原子彈？」

「近日該國領導人要重編護國法，即隨時可與鄰國開戰，在野黨反對，他自家民眾發起反對運動，如果，我說如果有大筆現款，拿出支持該國反對運動，表明和平重要，也是善舉。」

布朗說：「我第一次聽到有女性願意把錢財作這種用途。」

「嘿，我有說是女人嗎。」

「但是想必那位財主也知道，運動遊行得再漂亮，也是熱鬧一日一夜之事，該國領導人民族性特殊，永不認錯，堅決不改。」

「這點全世界都認同，但出一分力，發一分光。」

布朗說：「可是，同等款項捐贈兒童醫院購買儀器，可以長期救助多少病童。」

「我也這麼想過，宣明會、奧比斯飛行眼科醫院、微笑行動……均需要善款。」

「你是明白人。」

「唉，」她故意嘆氣，「錢真是越多越好。」

「你代表什麼人講話？」

「那些終朝只恨錢無多的人。」

「葉籽，你要小心。」

「同英俊倜儻布朗先生你在一起的女子，都應小心。」

布朗聽到，高興得抱起葉籽。

布朗沒閒着，即使在海灘慢步，他也揹着裝滿沙石背囊，鍛煉身子，他能吃，能玩，工作時也十分嚴謹，沒必要絕不動腦筋：外國人就是外國人。

大島上遊客較少，在淺紫色蒼穹之下，葉籽看小女孩跳民族舞蹈，教師向她招手，「你也來」，葉籽脫下裙子，繫上草裙，跟着女孩們款擺腰身，雙臂隨尤可利利琴聲如浪般晃動。

她想，不回去了。

三天很快過去。

布朗抑鬱，「如果你我還不能結婚，那真不知是誰。」

葉籽答：「知道對方越少越好的人。」

「什麼？」

「朋友，要清楚瞭解，夫妻，人好則可。」

「什麼理論？」

「這叫哲學。」

回到雍市，會見安琪，甄賦那邊有消息。

安琪秘婚消息尚未拆穿，安琪恍然若失，「我已經不紅了。」

葉籽答：「花無百日紅。」

安琪笑起仍似一朵花。

她輕輕說出：「歸妹乃可嫁之女。」這是銀行密碼。

葉籽當然立刻記住。

「這是銀號電話號碼。」

「明白。」

這時安琪突然說：「葉籽，你仍妄想嫁普通人吧。」

葉籽沒好氣，「不是人人可嫁金普儀。」

「哈哈哈，我倆做平妻如何？」

「安琪，說話要小心。」

「籽姐，我失禮了。」

從未見過有那樣樂天的女子，一個人在衣食足之後真要知享樂。

考慮幾個晚上，葉籽決定一半一半。

得知款項數目後她發怔。

「已經扣除百分之三十佣金？」

「正確。」

葉籽問了一個相當幼稚問題：「那即是多少零字？」

那邊賬房負責人很平靜有禮回答她，並且這樣說：「葉小姐，我們不設電訊電郵，一切口頭說過算數。」

葉籽把分配妥當數目及慈善機構名稱說出。

「用何人名義。」

「無名氏。」

「謹代表他們感謝閣下。」

「不客氣。」

另一半，捐到名古屋一個組織。

動員三千人，半夜點燈反戰遊行，隊伍整齊，標語明晰，意願再明白沒有：戰爭萬惡早日悔改，回頭是岸。

這次遊行「驚動」到外國記者前去報導拍攝，葉籽同所有人一樣，明白這十五分鐘之後，一切又歸沉寂。

她與安琪在國際新聞台上看到片段。

安琪說：「我渾身寒毛倒豎。」

葉籽吁出一口氣。

「你會接着再辦？」

葉籽指一指角落那幅畢加索油畫，「另外一次運動費用。」

「葉小姐，你為何不到南法買一座葡萄園釀汽酒給我們喝。」

「你也有能力那樣做。」

「你聽聽這輕蔑口氣。」

「不敢。」

「這種看不懂的畫，我也有一張，是鮮艷的彩色中一個有三隻眼睛的女子扯歪面孔痛哭，醜得不能再醜，我都沒掛起，收在衣櫥裏。」

葉籽駭笑，真沒想到那幅「哭泣女子」在安琪家。

過幾日，著名拍賣行派鑑賞員來勘察葉籽那幅畫。

葉籽把畫靠牆放在當眼之處，那年輕英人本來板着面孔抵着嘴唇，一見那畫，踏前一步，整個人融化，他不能自已，像是想走進畫中，站到那西班牙式露台，仰看那藍天白雲，享受那吹拂窗幔的徐來清風。

他站在畫前頗久，然後輕聲問：「可否問葉小姐，畫的來源。」

葉籽實話實說：「朋友送給我。」

他忽然微笑，「當然，那是一個好朋友，他可同時給你這張畫的族譜，即前幾任的畫主及歷史，證明非偽非盜。」

「沒有，只得這張畫。」

「這個——」

「你們幹這一行，必定有辦法。」

他咳嗽一聲，「敝拍賣行一向公正嚴明，聲譽昭卓。」

「哎呀，這點毋須商榷。」

葉籽斟杯冰凍啤酒給他。

他又站到畫前不知多久，忽然轉身說：「明日我叫人來取畫，同時拍賣行會交一張收條給你。」

「那不行，收去的真畫，還我時許是贋品。」

「我們一向有文件抵押。」

這時，門鈴一響，美麗的安琪提着一張油皮紙包裹的畫作進門。

她說：「這就是我說過醜得不能再醜的畫，送給你。」

油畫拆開，正是「哭泣女子」。

她見到該名鑑賞員，笑說：「班尼迪先生，你也在這裏，好極了，畫有買主了。」

「安琪小姐，這兩幅畫，本屬——」

安琪搶着說：「不要了，他不再有興趣，況且，一早不是他的財產，你趕快賺取佣金幫葉小姐出貨。」

「明白，我即刻回去辦手續。」

在門口他又說：「多謝兩位女士讓我再睹名畫真跡。」

安琪關上門。

「真好笑，當年金先生便是與這間拍賣行接頭，這班某是助手。」

安琪把畫反轉放，這樣說：「有一個畫蘋果的人，畫風比較可愛。」

「那麼，你可見過一幅星夜？」

「呵，真猙獰，那星空像是會壓下似，一顆顆星轉圈叫人暈眩。」

又不能說安琪不懂看畫。

她脫下寬身外衣，裏邊穿着一件小小紫貂貼身坎肩，摸上去，又輕又軟又暖，確是精品，但「把動物皮子穿身上，嘖嘖嘖」，安琪這樣説：「弱肉強食，少年時我窮途落魄，我的皮也幾乎被人剝下。」

各有各委屈。

安琪這次來有原因，她受託探訪金老先生。

她與金老其實一點關係也無，但「金老從來沒有看不起我是文娛界工作人員，相當禮待。」

她央葉籽陪她。

「你膽子不算小，為何——」

安琪在葉籽耳邊説幾句，原來金裕隆也一起。

「為什麼召你見面。」

「金老先生意思，他已住在羈留病房，彌留狀態。」

「也有叫我？」

「正是，他一向對你好感。」

三個女子約好在金女士家裏等，她一早叫助手提點其餘兩女：「穿淡藍色服飾，要戴首飾，但不可嚕囌，軟底鞋不發出咯咯聲，淡妝，頭髮梳後不得披散。」

葉籽不難做到。

她覺得聲音熟悉，冒昧問一句：「是平爾嗎？」

對方微笑，「葉小姐好記性。」

「平爾，果然是你，太高興了，你先生好嗎？」

「葉小姐，我倆已經分手，我並不熟悉英國鄉鎮生活，他有一爿農地，冬天下雪也要我清晨五時收割菜心運到唐人街餐館出售，我吃不慣苦，半年已起異心。」

「不怪你，過去的事不談。」

豁達的平爾笑出聲，「真是個騙局。」不能哭，只好笑。

騙局。

「金女士近況可好？」

「金太是好漢，」她仍叫她金太，「面子上一點看不出來，家散人亡，她依舊過她的日子，H手袋辦回顧展，要請她借出藏品，才集成一套。」

「不然如何，總不成自殺。」

在羈留病房處見面，果然，金女士妝扮一絲不差，全套淡藍香奈兒，但臉粉仍然太厚，她見到葉籽，握住她手，這是葉籽天賦，得到同性歡心。

安琪站得比較遠，她穿淡藍寬身襯衫及長褲，梳馬尾巴，與葉籽一樣，全無化妝，只抹淺色口紅。

平爾說：「我可用進房。」

「你也一起。」

警員打開房門，「記住，訪客時間十五分鐘。」

兩名律師在門外等。

出乎意料，金老並非奄奄一息躺病床，他端坐一張椅子，看到她們進來，輕輕說：「蹲下，臉朝我，好讓我看清楚。」

葉籽與安琪連忙盤坐他面前，平爾讓金裕隆坐矮櫈，她站一旁，擠滿病房。

金老這樣說：「都是美女，我生平只喜歡美女及錢財。」

葉籽沒好氣。

「怎麼，葉小姐有意見？」

葉籽膽大，這樣回答：「金老你訛騙這許多人錢財，過意得去否。」

不料金老有辯詞：「是他們貪婪在先，況且，一半人已經利疊利歸本賺到笑，葉小姐，圍棋高手，擅長擺珍瓏局，等着對方自動走入圈套，你聽說過沒有。」

竟毫無悔意！

金裕隆連忙推一推葉籽。

「不，讓她說，許久沒聽真話。」

葉籽不再說話。

金裕隆這時說：「父親，你的健康──」

「別說廢話了，這或許是最後一次見到你們，我的產業已全部充公抵債，一八三號拍賣出售，各國政府正逼投資金式得利者把利錢吐出，看樣子有一陣子好忙。」

大家都不出聲。

老人看着安琪，安琪接觸到一對灰色混濁眼珠，她有點害怕。

葉籽握住她的手。

「你說說看，安琪小姐，金普儀此刻躲何處。」

安琪答：「安蒂瓜。」

金裕隆微笑，「我不肯定該處是否有警署。」

「裕隆，葉小姐幫了我家很大的忙，你要牢牢記住，來日她出嫁，好好替她辦喜事。」

葉籽連忙說：「不，不需要。」

金老吁出一口氣，「葉小姐，我從未見過比你更強頭倔腦的女子。」

大家忍不住附和。

這時，金老明顯露出倦意，嘴歪到一邊，有唾沫溢出，警員說：「各位，時間已到。」

她們陸續退出。

安琪掩臉，低聲對葉籽說：「可怕，人老了都這樣嗎？」

平爾忍不住回她，「你也一樣，除非你早登極樂。」

金裕隆不以為然看平爾一眼，似說：你同這些小貓小狗說什麼道理。

平爾噤聲。

葉籽拉着安琪，「我倆先走一步，平姐，有時間找我吃茶，金太太，再會。」

安琪賭氣，「我才是金太太。」

「不，你是甄太太。」

「老人家說得對，葉籽，你是辯論英雄，什麼都有道理。」

兩人走到一八三大廈前，呵面目全非。

兩個女子緊緊手挽手往上看，直到頭暈，再垂頭喪氣。

安琪說：「我們去吃冰淇淋。」

「我沒有胃口。」

「胃部一見甜點會自動騰出空位。」

兩人坐下各要一客香蕉船。

「甄先生在什麼地方？」

「我也不知道，他助手會聯絡我。」

「你信任這名助手？」

「你或許見過，他是金式舊人，叫居安。」

葉籽一怔，都有着落了。

連她在內，都是金式棋子，及早遣散，免人疑竇。

「安琪，我還要見一個朋友，先走一步。」
「你總以丟下我為樂趣。」
「去與甄先生會合。」
「你覺得他真愛我？」
「沒有一個男子，可以愛你更多。」
她笑出聲。
「葉小姐，我與你，有極濃緣份。」
是的，是的。
葉籽約的，是殷律師。
一見面，殷律師瞪着她，「請問，這是怎麼一回事，你在金家扮演何種角色。」
葉籽畫一張簡單圖表，她名字在中心：「催化劑，全身而退，物質不變。」
「你是奇人。」

「多謝。」

「各方面人士居然都沒有難為你，你鴻福齊天。」

「我微不足道嘛。」

「這次見我，有何貴幹。」

「金歸聰這個人，最近如何。」

「葉籽，這是你厚道之處，全世界都似忘記有此人存在，他似從未曾出生，唉，昔日金式承繼人金大少爺，今日在獄中看守圖書館，每天與叢書作伴，有時看着天花板喃喃說：『兩千元，為什麼不給我兩千元』，眾人覺得他神經確有問題，他單獨囚禁，閒時看動畫片，喜歡拔斯賓尼。」

「他今年幾歲？」

「三十一歲，有生之年，不會有機會離開牢獄。」

「他確診有精神病吧。」

「幼時沒有查究，少年期只道是一般反叛，終於，跡象顯露，已來不及治療，社會類似的人並不罕見，只不過他是富家子，特別惹人注目。」

「你可有派人打點。」

「已經盡力，不然，他能打理圖書館？最近，他意欲報讀學士學位，懲教所正在考慮，只是獄中有人極端痛恨他，一次集訓，他被人用利器劃傷肩部，深入見骨，縫百餘針。」

葉耔不出聲。

「你還想知道什麼，金本來是運動健將，與海浪沙灘作伴，戒毒瘦卻八十磅，此刻不但全數長回，再多添八十磅，短短時間忽然禿髮，你不會再認得他。」

殷律師出示照片。

葉耔擔子雖大，看到那臉容也忍不住吃驚，金氏不但肥胖，且一臉紅腫瘡痤，他分明患嚴重皮膚病。

殷律師說：「你是擔心他會如此死在獄中吧。」

「不，我擔心他這樣活着。」

「葉籽，有時間我們一起聽音樂，看畫展，不要再談這些可怕的人與事。」

「你仍是他代表律師？」

「律師行依照可收費鐘點計算酬勞，請問，現在由誰承擔律師費用，來，我們去吃冰淇淋。」

「我已經飽得不能再飽。」

這時，葉籽接一通電話，是家裏女傭，「葉小姐，外國人按鈴找你，可以讓他進屋否？」

「我馬上回來，你請他在門外等十分鐘。」

女傭鬆口氣，她有點怕洋人。

葉籽趕回家門，原以為是布朗，卻是另外一個洋漢，深色皮膚，似西裔，禮貌地說：「葉小姐你好，我叫懷特，我是哥丁同僚。」

「請進。」

懷特坐到露台旁，他明顯不習慣亞熱帶天氣，襯衫汗濕，傭人給他一杯冰茶。

「葉小姐，哥丁被派往一機密任務，未能道別，叫我與你講一聲。」

「呵，他任臥底。」

懷特微笑，「我也不甚清楚。」

「為期多久？」

「我不知道。」

「勞駕你了。」

「我代替布朗在雍市位置。」

葉籽不置可否。

這時傭人切出一碟水果以及精緻糕點。

懷特這樣說：「雍市各種食物，特別是甜點，叫人着迷，我認得這塊糕點的名字，它竟叫心太軟！」

一定由一個皮膚白皙，黑髮如雲的華女告訴他。

「聽說夏季天氣燠熱，我來自夏威夷州，希望容易適應。」

他幾乎把碟子上麻糬吃光。

傭人給他一杯普洱茶消滯，他喝不慣，問要香片，葉籽說：「只有壽眉，你試試。」

「這茶名，得學四十年吧。」

葉籽說：「給他立頓吧。」

那懷特也知道任務完成，已無理由再留在葉小姐家裏，他站起告辭。

葉籽送他到門口。

「可有話傳給哥丁？」

葉籽搖頭，「沒有話。」

懷特對這纖弱年輕女子另眼相看，她竟如此平靜。

女傭把吃剩的糕點裝盒子送他。

「呵，謝謝。」他說普通話。

送走懷特之後，葉籽坐露台喝茶。

她當然不信「突派」二字，布朗一早知曉任務，只是不說，在大島三天，他已有心理準備許是最後一次甜蜜約會，倘若可以結婚，又另外一種考慮。

葉籽用手搓搓額角，恍然若失，吁出口氣，當然不捨得，他是一個好伴：聰明、活潑、懂得討好女性，不是六安茶，不是普洱，是一大杯長島冰茶。

居然是他撇下她，忙事業去了。

葉籽知道不少女同學與外國人來往，他們很有一手：在雍市又吃又拿，他離鄉別井，女方覺得應該對他好一些，隔不多久，他回說家有要事回國，無奈只得分離，可是，隔不多久，該洋人又在雍市出現，身邊是不同的華女。

沒想到布朗也諳同樣招數。

騙局，珍瓏。

才想休息，女傭說：「葉小姐，我下班了。」

打開門，看到有客人。

葉籽一看，「平姐，你怎麼來了。」

門外站着平爾，黑衣黑裙黑襯衫，映得臉色蒼白。

葉籽猜到有事發生。

她進門，輕輕説：「金女士讓我知會：金老先生病歿。」

葉籽不語，拿一瓶啤酒給她。

「金女士的意思是，葉小姐你可否走一趟，把這件事知會金歸聰。」

葉籽不用考慮，立刻説不。

「那麼，」平爾無奈，「只好由他自新聞報告中得悉。」

「他不會介意。」

「金女士説儀式在——」

「平姐，我不會出席。」

「那麼，我知會她。」

過片刻，平爾說：「我建議金女士離開雍市，但她說全世界她還是情願住本市……」

「這叫斯德哥爾摩症候，受虐待成為習慣，反而畸形對敵人依戀。」

「其實她在雍市已經沒有什麼朋友，何必觸景傷情。」

葉籽不表示意見。

「葉籽，你家可有冰淇淋。」

「多沒有，三十種。」

打開冰櫃，並沒有誇張。

平爾嘆口氣，「可救賤命。」

看樣子，她打算一直與金裕隆作伴。

她一邊大口吃一邊說：「葉子，嫁人這件事，真是蹊蹺。」

葉籽微笑，「頗新鮮形容詞。」

「像你這樣，已經要什麼有什麼——」

葉籽駭笑，「哪有你說得那麼好。」

「可是芳心寂寞，英俊有趣的男伴來了又去了，不管他們在不在你都覺淒清，無所依傍。」她或許是夫子自道。

葉籽披上外衣，「我們出去走走。」

「好呀。」

兩個標致女子，罩上外套，往街上走。

不覺走到街市附近，黃色街燈下，一群人圍着小攤子觀望，吆喝嘻笑。

「什麼事？」

「人多地方不要去。」

還是擠近好奇看個究竟。

只見一個長得猥瑣的年輕男子，在攤子前玩猜紙牌遊戲：三張紙牌，不同花紋，左右左右那樣快速移動，比試他手快抑或觀眾眼快，中的人可得百元，觀眾似乎十分踴躍，可是沒人贏，徒呼荷荷。

葉籽咧嘴笑。

平爾説：「最原始騙局。」

葉籽拉她走開。

「你能猜中否。」

「百猜百中。」

「我們上去玩幾手。」

正在這個時候，一輛警車快速駛至停住，警員下車，那群人四散，檔主被警員喝住。

葉籽隔岸觀火，「這生涯也不容易。」

她忽然想起金式舊時大班房內有一盤圍棋，勝負已分，可是棋子並沒撤去，照樣擺在那裏，她脱口問：「誰與誰下圍棋？」

「啊，你説金先生辦公室那副，金先生自幼喜歡下棋，曾一人鬥十人，每走過一個對手便下一着，很少輸，那時他十二歲，後來越下越精，請來棋王，下這

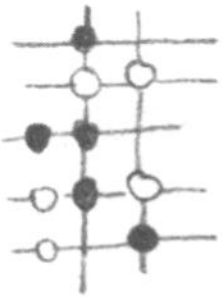

盤棋。」

「他輸了。」

「猜得不錯，他說棋王在神不知鬼不覺之下安排陷阱，聲東擊西，請君入甕，待發覺時，已經身陷珍瓏局，他一身冷汗，背水死戰，終於不敵，因此留下棋盤，放辦公室當眼處，警惕自身，一山還有一山高，不可輕敵。」

「名貴棋子棋盤何處去？」

「那是一副道光古董，早為警方充公拍賣。」

「警方才是棋王，大內高手如雲，豈容小覷。」

葉籽與平爾在街角道別。

「過兩日伴金女士出發到米蘭觀時裝展，就這樣飛來飛去已是半世，幸虧私人飛機不用過海關被警犬嗅聞。」

「平爾，這世界你虞我詐，不是騙人，就是被騙，太沒意思。」

「葉小姐，我平姐可沒騙你，你也沒騙我，我倆純友誼。」

「難得，難得。」

平爾笑得十分開心。

兩幅名畫在倫敦拍賣，安琪與葉籽結伴到現場。

她倆坐在前排第三行左角靜靜觀看。

場內坐滿滿，揹客紛紛抬價，去到五億英鎊，安琪發獃。

葉籽輕輕說：「放心，這幅畫屬於你。」

「什麼人會出這種價買一幅畫。」

「可能是某間美術館。」

離場之際安琪腳步有點浮。

她說：「我可以退休了。」

「你一早已可退休。」

「這番可以放心，不用再去到現場換泳衣泡浴缸，導演猛叫漂亮點。」

「什麼叫漂亮點。」

「即領口拉得再低些。」

「豈有此理。」

「你不知一個貧弱女子十多歲出來找生活苦況。」

「情況可有隨時代進步改變。」

「不會，少女太多，機會太少。」

「讀書，學識可改變命運。」

「你是少數奮鬥成功例子。」

「謝謝讚賞。」

「金先生在都柏林，可要見他。」

「不，不必多事。」

這時安琪聽一通電話，抬頭笑，「他已到倫敦，請我倆喝茶，你不好推辭他。」

甄賦一見兩位女子，立刻站起。

懂規矩的男子越來越少，女性地位看則日漸高升，其實年年下降，全變成平起平坐的粗胚，還替女子拉門端椅子呢，想都別想，喂，記得付一半賬單。

「葉籽，好嗎？」

他一身打扮無懈可擊，低調考究，舒服熨貼，一點不像落難的人，事實他彷彿擁有頗大自由度，仍然逍遙自在。

「託賴，還過得去。」

「除出安琪，沒有人給你麻煩吧。」

安琪立刻呶起櫻唇。

「沒有，安琪也沒有。」

「最近忙什麼。」

「找對象。」

「葉小姐，你要小心，全世界政府，都痛恨外來勢力在他們地盤搞運動。」

葉籽不出聲。

「我老覺得我應對你負些責任，葉籽，一次已經足夠，我聞說東洋某組織正招兵買馬，預備發動一次動作最整齊的和平遊行，可否叫停。」

「太遲，正在印黑T恤上白色『和平』字樣。」

「葉籽，太惹人注目。」

「就是要引起世界注意。」

「那麼，可否停止邀請各國傳媒。」

「這件事由該組織聯絡。」

「你指事情已經失控，我勸你以後再也別進入該國國境。」

這時安琪問：「你們在說什麼？猜謎似。」

「葉籽，請不要再搞第三次。」

葉籽嘆口氣，低頭不語。

「人家為名為利，你純為看不過眼，愚不可及。」

安琪見他語氣嚴峻，不禁勸說：「生什麼氣，有話慢慢說。」

甄賦說下去：「女孩子身邊有錢，添些衣裳首飾，甚至飛機遊艇，你怎麼會別出心裁！」

葉籽倔強，不發一言。

他作出最大恐嚇，「你當心嫁不出去。」

安琪吃驚，「你怎麼惡毒詛咒葉籽。」

葉籽卻靜靜說：「甄先生教訓得是。」

「把私蓄如此浪擲，你會後悔！」

安琪掩住甄賦的嘴。

葉籽答：「我全明白了，今日榮幸聽到真話。」

三個人沉默一會。

終於甄賦說：「別怪我語氣重。」

安琪惋惜，「以後葉籽都不會再見你。」

「不會，葉籽深明大理。」

「我要逛街，葉籽，一起看最新時裝。」

「我要回雍市。」

「政治部找你問話，如何答辯。」

「我只捐助朋友一筆款項，其餘一無所知。」

「有可靠律師否？」

「該方面沒有。」

「我知會一位利律師接你飛機。」

他站起到櫃枱付賬。

安琪悄悄說：「葉籽你可有殺人。」

「沒有，我沒有殺人，別怕。」

安琪放下心，「人越年紀大越懂懼怕。」

葉籽吻她額角一下，「放心。」

果然，回到雍市，在海關就被扣留問話，幸虧利律師迎上，詳加解釋，並與政治部約妥會晤時間。

那年輕律師無比訝異，「葉小姐，你一生連違法停車的告票都沒收過，如何會發生這樣的事。」

他給她看錄影片段，「這是組織排練運動。」片段中數百人一齊穿黑衣靜坐廣場，只打一面旗號，「反對護國法」。訴求抗議氣氛迫切悲哀，似是死諫。

葉籽充滿淚意。

示威者一動不動，肅靜，坐着近一小時，然後解散，脫下黑衣，混入群眾，消失無蹤。

利律師說：「葉小姐，這是國與國層面的事，私人實不宜牽涉在內。」

「利律師，匹夫有責。」

「組織正式示威在下週日，估計有萬人參與，場面非同小可，據說費用由外國勢力資助。」

葉籽不出聲。

「光説『萬人』沒有感覺，可是一間有規模的中學人數不過千餘人，試想，十間中學學生全部出街靜坐，會造成何種震撼目標。」

「群眾裏學生為數不多。」

利律師嘆口氣，「明日我陪你到政治部。」

一早，葉籽梳洗更衣，她選黑衣黑褲，一言不發，隨利律師到政府辦公室。

氣氛相當隨和，公務員全穿西服，斯文有禮。

在小會議廳坐好，中年秀麗的領隊説：「葉小姐，多謝你合作。」口氣溫文，像語文老師。

葉籽忽然想起，當年以色列總理梅雅夫人見莫薩敢死隊員，也如此溫和：「各位子弟，你們可以拒絕接受任務，但一旦出發，可能永遠見不到家人，這是我親手做的餅乾，多吃一塊——」

「你在該項和平運動的角色果真如此簡單？」

虧得利律師，找到說了等於沒說，模棱兩可，串起根本沒有上文下理意識流句子，簡直可當新詩發表。

女士當然沒聽明白，卻不住點頭，又問幾句，大概覺得葉籽面目稚嫩，不像有什麼大搞作的人，終於說：「葉小姐這個月內請勿離境。」

利律師陪她離開大樓。

「葉小姐你曾任職執法人員。」

「這不是秘密，支持和平運動並非違法。」

運動舉辦那日，英國廣播電台率先報告。

凌晨，只見最繁華商業區行人十字路上忽然聚集黑衣人，一行行有秩序坐下，不到十分鐘，人群已經滿瀉到車道，攝影隊用直升飛機拍攝，場面詭異，皆因群眾不發一言。

人數全體集合之後，葉籽全身毛孔豎起，她激動掩面。

這時，忽然下起大雨，眾人仍然坐着不動，被堵塞車輛也不曾響號，默默等待。

群眾變成落湯雞，卻堅持忍耐。

那十分鐘彷彿比一小時還長，終於在雨水中打開旗號：「和平」，他們整齊地一排排站立散去，廣場恢復原狀，人車暢通。

電話響起，那邊說：「葉籽，我是居安。」

「你好。」

「甄先生問：『值得否』。」

「只有生意才事事問收支平衡。」

「他說：『可一不可再。』」

「我不是他女兒。」

居安笑，「生活還好否，葉籽。」

「無論笑或哭，都不如少年時暢快。」

「那當然。」

「你呢，居安，可有時時思危。」

「不住後悔在金式追求你不力。」

「拜託，你在何處。」

「阿姆斯特丹，一條運河其中一艘住家艇上。」

「十分風流。」

「這是我跟隨甄氏的原因之一。」

「請告訴甄先生我知道了。」

「葉籽——」

「居安，不必多說，我珍惜你這個朋友。」

「你知道就好。」

自此，葉籽再也沒有參與任何運動，耗資甚巨，負擔不起，總得留些姑婆本。

冬去春來，葉籽一顆翼動的心漸漸平復。

一日，經過商場服裝店，駐足，一時也不明白為何停下腳步。

正在觀看時裝，店員出來叫她，「葉小姐，許久不見，請進，看看春裝。」

另外一人在店內招呼：「葉小姐，你好。」

看仔細，是利律師，他說：「真巧，我在試西服。」確是，男子也為衣裳張羅。

店員說：「利律師說套套西服都是藏青色實覺煩膩，葉小姐怎麼看。」

她留意，如此說：「利君你面如冠玉，穿深色西服更顯得玉樹臨風。」

店員歡喜，「葉小姐形容真確。」

利律師臉頰飛紅，「這樣，我要兩套。」

店長迎出，「葉小姐，我們正在找你，電話不通。」

「什麼事？」

「王先生有半打襯衫在這裏，他不喜歡塑料紐扣，原廠替他換過貝殼紐，直做了大半年。」

她把襯衫取出給葉籽查看。

白色極薄的細麻，半透明，紐扣全數換過，考究閃亮細粒螺甸，王璧君如此疙瘩執着細節的人，真與他結合，長期相處，不知是否艱難，遷就得多，造成摩擦，他們會得長久否，實在不好說。

但現在他已離去，她只記得他的好處。

「今年的襯衫領子設計很小很可愛，葉小姐，我替你換新款，不另收費。」

葉籽輕輕說：「不用，就這樣很好。」

「我替你包起。」

再抬頭，利律師已經離去。

店長把袋子交給她，一邊說：「葉小姐與王先生什麼時候結婚，記得請我們吃糖。」

葉籽鼓起勇氣，店長雖是不相干的人，她也不想瞞她，或是忌諱不說，她已接受事實，是以輕聲答：「王先生已經不在。」

店長一驚，手足無措。

「多謝關心。」

她推開店門離去。

抬頭，看到利律師坐在長櫈上吃冰淇淋，分明是在等她，又不想打擾她購物，十分體貼。

他看着她微笑，已經打過招呼，不再重複。

葉籽想一想，坐到他身邊。

過一會，挪動身體，坐近一些，又不致貼着他。

他很歡喜，「相請不如偶遇，可要一件冰淇淋。」

「不用了，坐一會就好。」

「我叫利通，是一個人權律師。」

「知道。」

「可有人騷擾你。」

「沒有。」

「口氣好像有點遺憾。」

「千萬別誤會，慶幸才真。」

「葉小姐有空做什麼？」

「騎自行車到郊外，對天空大聲喊：我寂寞我寂寞，你呢。」

「我家有一幢爬山牆，橫跨天花板，自另一面牆落下，不過，我沒大叫，有機會，可來參觀。」

「我不是好相處的女子。」

「你怎麼知道我可會適應。」

葉籽灰心自卑，「我就是知道。」

「那未免太武斷了。」

「人權律師，艱苦清廉。」

「同學都是發了財的財經律師，專替奸商服務。」

葉籽微笑，「可有後悔。」

他很強硬，「永不。」

好傢伙。

「家裏有些什麼人。」

「無人，獨生子，父母已離世。」

「屬何國籍。」

「加國讀書，後往英國，兩本護照。」也不是沒打算的光棍。

「肚子可餓，一起吃飯吧。」

葉籽遲疑。

「可是要取號碼輪候，希望不是十名以後。」

葉籽失笑，「哪有你形容那般熱烈。」

「三名之內？」仍然高估。

「吃什麼？」

「我有主意，有一家店，專做焗蠔，一碟六件，不同配料，不同味道，我認為最美味的一件，叫做『鮑蒂昔利』。」

「為何叫鮑蒂昔利，焗蠔與文藝復興畫家有何種牽連。」

「你問大廚好了。」

「配何種酒？」

「任何牌子汽酒。」

葉籽微笑，「快帶我走。」

利通大喜，拉着她站起。

經過那麼多，是好好做回平常人的時候。葉籽這樣想：不要計算，不要怕吃虧，不要顧慮，走到哪裏是哪裏，毋須戀愛，毋須結合，自然發展。

全書完

書名　珍瓏　　作者　亦舒

出版　天地圖書有限公司
香港皇后大道東109-115號
智群商業中心十五字樓
電話：2528 3671　傳真：2865 2609

香港灣仔莊士敦道三十號地庫／一樓（門市部）
電話：2865 0708　傳真：2861 1541

設計及插圖　Untitled Workshop

印刷　亨泰印刷有限公司
柴灣利眾街27號德景工業大廈十字樓
電話：2896 3687　傳真：2558 1902

發行　香港聯合書刊物流有限公司
香港新界大埔汀麗路36號
中華商務印刷大廈3字樓
電話：2150 2100　傳真：2407 3062

出版日期　二〇一七年五月／初版・香港